沉静的夏天

戴荣里　著

中国言实出版社

图书在版编目（CIP）数据

沉静的夏天 / 戴荣里著 . -- 北京：中国言实出版社，2018. 11

ISBN 978-7-5171-2958-5

Ⅰ . ①沉… Ⅱ . ①戴… Ⅲ . ①散文集—中国—当代 Ⅳ . ① I267

中国版本图书馆 CIP 数据核字（2018）第 257241 号

责任编辑：宫媛媛
责任校对：李　琳
出版统筹：李满意
责任印制：佟贵兆
封面设计：徐　晴

出版发行　中国言实出版社

地　址：北京市朝阳区北苑路 180 号加利大厦 5 号楼 105 室
邮　编：100101
编辑部：北京市海淀区北太平庄路甲 1 号
邮　编：100088
电　话：64924853（总编室）　64924716（发行部）
网　址：www.zgyscbs.cn
E-mail：zgyscbs@263.net

经　　销　新华书店
印　　刷　北京温林源印刷有限公司
版　　次　2018 年 12 月第 1 版　　2018 年 12 月第 1 次印刷
规　　格　710 毫米 ×1000 毫米　1/16　12.25 印张
字　　数　200 千字
定　　价　48.00 元　　ISBN　978-7-5171-2958-5

心如夏天般精美

我没料到自己会在一个喧闹的当口，突然抵达一处沉静的地方。在这一段时空里，好像一切都静止下来。天空的云彩一点一点地向前移动着，一如这里慢吞吞的生活。穿越北京和瑞丽的距离，抵达圣境，我和我的心脏一起，与这里的犀鸟、猴子一样，生活得飘然物外。

每天，我在鸟鸣中醒来。这里的鸟品种极多，市委大院里的鸟儿，悬挂在树上。白天，你看不到它们的身影。唯有夏天的早晨，它们抢占鸣叫的先机，驱逐了蝉鸣。这些鸟儿啊，有些像亚里士多德，有些像柏拉图，有些就是蹲在池塘边抽烟的老农，以各种声音阐释着夏天。夏天，在它们的喧闹声中静止下来。和在北京匆匆忙忙一早赶着去上班不同，我在这突然寂静的地方，感觉时空好像静止了一样。

脚步自然可以放轻松些，从市委到市政府的路，不过一千步，走起来却有序曲一样的婉转。异族孩子从缅甸来，但儿童的天性会唤醒我对故乡遥望的感觉，我会在下班回来的路上，和这些孩子玩一玩弹珠游戏。我打弹珠回回命中，让孩子们发出一阵阵欢呼。我也看到路旁的锯木者毫不畏惧刺耳的声音，我趣味十足地欣赏他的杰作。这个小城，让我的心沉静下来，我用我的心感受着这座小城。

我依然对工作充满了热情，始终保持着刚参加工作时的劲头，年过半百而朝气蓬勃。每天，我走在田间地头，穿越隧道洞口，我外表冷漠而内心狂热，就像这寂静的夏天，相悖的情愫一直荡漾在我的心胸。更多的时间，我会为我分管的工作而高兴。我希望通过我的一点点努力，让边疆有些改变，为民众做些服务，为瑞丽发挥一点个人的技能特长。所幸，我的努力，得到了认可，得到了积极的回应，也得到了落实。瑞丽，是一个包容的城市，从城市到乡村，从官员到农民，从山上到水边，我看到的是，更多的真诚，更多的笑脸，更多的以舒缓作为生活理念的人。我开始喜欢上这里的一草一木，一人一屋，一路一桥，一山一瀑布。工作给我带来了乐趣，工作也为我提供了无限想象的空间。

正是这种想象，促生了我的文字如喷泉一样每日涌出。在被鸟鸣惊醒，被大地烘托，被晨曦抚慰的时刻，每日清晨，我和我的心一起跳动在键盘上，书写我的感悟。我以虔诚的心态，回忆着昨日所经过的一切；我也以洁净的心境，对待每一句的书写。我在写作前，通常要洗净身体，擦干净电脑键盘，用干净的双手，写干净的文字，追逐一种通透的心境。冷寂、肃穆、纯净，每天的写作，倒像是修禅悟道。我想，任何不洁，都会亵渎这神圣的边疆；任何妄想，都会吞噬这夏天的静美。

一日书写，就增加一丝爱意。对瑞丽的山水之爱，让我更加迷恋这里的村村寨寨；对瑞丽的人情之美的描写，更让我感受到纯粹人性之光的力量。对于我所期待的城市——瑞丽，她给了我一个沉静的夏天，我则期望她有一个完美的未来。

感谢瑞丽，感谢这个夏天，让我在躲避了喧嚣之后，找到了沉静的夏天的本质！

此刻，我无语泪流，感恩这段奇特的过往时空。

戴荣里

2018年11月9日

目录

边城掠影，如歌行语

瑞丽的瑞丽 002
柔软的瑞丽 004
瑞丽的马路 007
瑞丽的雨 011
翡翠 014
瑞丽的蚊子 017
瑞丽农场 020
瑞丽斗鸡 023
听雨瑞丽 026
边城漫步 030
牵花之城 033
瑞丽洗石 037

在路听风，情深瑞丽

从昆明到瑞丽有多远 042
夜行车 045
回到北京想瑞丽 048
离京返滇的前几天晚上 050
澜沧走笔 053
有一个美丽的地方需要铁路 056

灵动自然，花香鸟鸣

户瓦鸟语　062

人与树　065

独树成林　068

弄莫湖的鸟　070

孔雀开屏　072

芒令老芒果树　074

诗画村庄，浓郁民风

芒岗之水　078

等嘎古树茶　081

喊沙的喊沙　084

佛瑞丽　088

等扎小记　091

拉祜族点滴　094

河边村　097

纵歌节　100

弄岛采花　103

去看畹町回环村的猴子　106

绿色盛宴，吃遍鲜美

甜透瑞丽 112

在边关吃煎饼 115

羊奶果 117

瑞丽杨梅 120

手抓饭 124

瑞丽的小吃 127

勐典桑葚 130

小城遇人，相交见情

心中绽放的色彩 134

洪良哥 137

陪罗军逛珠宝市场看赌石 140

瑞丽知青 143

和顺人家 146

师徒之间 148

瑞丽的文人 150

缅甸打工者 153

美女与牛粪 155

在瑞丽的山东人 158

“9·11”与百香果 161

瑞丽的缅甸人 163

孤独漫步，静而思悟

沉静的夏天 168
瑞丽话语 170
蚊帐空间 173
昆明赏花记 176
小心有蛇 179
夜深人不静 182
凤凰花是什么花 184

边城掠影，如歌行语

瑞丽的瑞丽

冬日，从严寒的北方到温暖的边疆之城，这里山美、水好，人善良，处处是祥瑞之气。

叫不出名儿的花儿，喊不出名儿的树儿，跟不上飞翔节奏的蝴蝶，一切都是新鲜的。市委大楼是一座老楼，树木也旧成老人的模样，花园里的火山石本身就是浑厚的颜色。这里的三角梅没有北方的蜡梅含蓄，红的如火，黄的像缎，白的似雪，令人着迷。

早晨，薄雾轻纱般拂面。有人说，瑞丽的云彩是有根的，从山顶长出来，从瑞丽江长出来，从山坳里长出来，从温泉里长出来。这里气候适宜，芭蕉树、棕榈树、橡胶树、大榕树比比皆是。生物多样性，在这里得到完美的体现。一个朋友领我到莫里瀑布游玩，一路行程，两侧美景。与开屏的孔雀合影，在清澈的河水旁驻足。寄生在大树上的石斛，跳跃在树叶间的鸟儿，每一处美景都会让你留恋。我在莫里大瀑布前留影，前方春意盎然，后面寒风阵阵。又到一处小瀑布前，则有无限奥妙藏在飞雨中，瀑布上面是树木与草，瀑布下面是深潭和乱石。小瀑布则如善解人意的仙女，轻飘飘地飘来荡去，是山中的精灵。

瑞丽的美丽其实不止在于山水江河，还在于人们安居乐业，与自然的和谐相处。

景颇族的闫副市长，很热情，抽时间拉我到户育乡，这里的贫苦户得到政府的扶持，生活日渐殷实。土生土长的闫副市长，聊起他的父亲，聊起他们当年漫山遍野地去打猎，让人觉得他儿时不缺少美味。他指着一种毛茸茸的菜对我说："这是竹毛衣，生态不好的地方难以找到。"他的脸上洋溢着自豪，他接着说："现在没有人打猎了，村民们拓宽致富的路子，国家精准扶贫的政策好，再有两年，这里就可以全面脱贫了。"

一位从北京来的小伙子李豪，喜欢上了果树种植，他种植的百香果树有几百亩，把规模种植搞得有声有色。

来自南方的叶海波，用信息技术做智慧农业，他发现浙江的杨梅不够甜，就想到瑞丽来扩展杨梅产业，回销浙江。果园就在勐秀乡一片原始森林旁边，鸟鸣朝夕陪伴着这位创业者。叶海波喜欢看夕阳西下中的山峦，山峦起伏犹如剪影。有一棵树被日光抛弃，月光出来，被星星烘托着，美极了。

来瑞丽挂职两年多的马剑副书记，约我到一个景颇族村寨，老房子、老核桃树、慈祥的老人，以及长刺的木瓜树、五角茴香树、绅士般的高颈大白鹅，都给我留下很深的印象。景颇族的村舍散居在山上，鸡鸭悠闲地四处踱步。常见大黄狗在屋檐下晒太阳，放牧者的脚步也是悠闲的。大山深处的景颇族好像就这样悠闲了几千年，与山一起，与水一起，与山水中的动物、植物一起。

傣族喜欢在坝子边上生活，如果说景颇族尚武重义，那傣族的平和之气，多因为沾染了水的色彩。人与自然的结合，酿成了民族的气质。各族人民在瑞丽和谐相处，我有不少景颇族和傣族的兄弟，他们对待我像亲人、如兄弟，我感觉如回到了故乡。

在山水之间，在民族与民族之间，我每天都会感受到祥瑞之景，看到美丽之景，并陶醉于其中。瑞丽的美是自然、平和、毫不张扬的美，这个城市正如其名，瑞中蕴美，丽中藏美。值得细细去品味，我欣赏着，享受着，也期待着更多瑞丽的瑞丽呈现出来！

柔软的瑞丽

北京的冬天，人容易长膘。我在这样的时节，来到温暖如春的瑞丽，一个月下来，人就瘦了十几斤，多年的减肥目标无意中实现了。我感觉体重还会减下去，整个人变得飘柔起来，腰细软起来了，左摇摇，右摆摆，舒畅得很。这种瘦，当然有原因，不停顿地走，肉就让山路给瓜分走了；不停地看，体重就让美景给吸走了一些。现在身子轻柔得像碧绿的叶子，活跃在风中，点头微笑着，给人的是一张日渐变黑的脸。头发再没有北方那样刚硬，尽管我喜欢那份刚硬的风格，一种冷逐渐被一份温热代替，瑞丽的气候是最能改变人的外在形象的。

似乎瑞丽的一切都是温柔的，温柔的水面，温柔的风。瑞丽的早晨，从薄雾或者柔冷开始。别说我生造了“柔冷”这个词，以前感觉到的冷，或是干燥的，或是刺骨的，抑或是湿硬的，而瑞丽的冷，如父亲的眼光，严厉中透着爱，有一丝冷，但不让你恐惧。在这种柔冷里，你会体会到温暖的爱意；中午，阳光开始一点点地浸润你的面颊，如情人的手，轻轻拭去你眼角的泪，一束束阳光舔舐着你的衣服，如换岗的门卫，用另一种口音，护卫着你的幸福；下午的凉意，在阳光的懒散撤退中，渐渐地升起来，沿着大地，沿着不息的河流，沿着街道，和着夜晚的酒杯声，和着夜晚母亲呼唤儿子的亲昵声，和着牧人吆喝牛羊入圈的声音，开始是一点点，后来是一绺绺，再后来就是一片片的凉意，在大地上弥漫开来。透着边疆的情怀，透着少数民族地区的悠闲，好像一下子就把温凉的面纱搭在了你的身上，然后星星点缀着夜空的面纱，月亮构成大写意，星空下的大地是柔软的，唤走了白天的黄皮肤，在树影里斑驳着，在花海里窃窃私语着。它们密谋着，次日凌晨该用怎样的一种姿势迎接人类。夜晚，双脚踩在大地上，如在海面上游泳。风是静的，叶子也是静的，鸟鸣声更让旷野发出幽怨的回应。在瑞丽，这种两头柔冷中间温热的“哑铃”天气，几乎荡漾着一年的大部分时光。“花开四季，果结终年”，几乎每个瑞丽人都会用这样的话介绍瑞丽，其中的自豪自不待言。的确，我感受到了。这个地区的柔软，是边疆小城的柔软，是湿润大地的柔软，也是来自远古的柔软。

瑞丽人的话语，就和大地上的黄色土壤一样，绵软而柔和。经常听领导批评下属，也是拖着长长的腔调，好像在研究着来自远古的事；朋友间相遇，也是拖着腔调说话，话是软绵绵的，听上去就感觉舒服；瑞丽的少数民族有景颇族、傣族、德昂族和傈僳族。景颇族生活在山林里，过去以狩猎为主，性格有刚毅的一面，也有侠肝义胆的一面。我在景颇族山寨参观，时常被他们的热忱所感动，有两次，我一个人到景颇山寨里逛，山民的热情让我清晰接收到他们远古祖先的淳朴脉搏。在山林里，看着过周岁的孩子怀揣的钢刀都闪烁着温柔的生活之光；狗儿在草垛或者码放好的劈柴堆旁休闲，缎被一样柔软的皮毛在阳光映衬下，对来客不理不睬的神情，去掉了霸蛮之气的狗，此刻显现着它的可爱之色；我在景颇族村寨小学校里，发现一条小蛇，像水纹一样波动着游走，地面也因它的优雅举止活泼起来，拍照时竟感受到它所播撒的那份飘逸，所带来的温暖让人心动。尽管朋友圈里有很多朋友惊叫，但我还是喜欢那条柔软的小蛇，阳光下，闪烁着金子一般的柔光，她莫非是白娘子变的？

瑞丽的傣族，是平和、洁净的民族。在没来瑞丽之前，我认识瑞丽土生土长的一位金嗓子歌唱家，她的歌声如天籁之音，给人神灵般的召唤。到了瑞丽，听傣族美女帅哥们唱歌，想象着他们，在悠远的过去，夜色苍茫之中，该怎样以一种温柔的歌谣驱赶着蛮横的野兽，呼唤着未来的美好？我喜欢听《月光下的凤尾竹》，也喜欢听《有一个美丽的地方》。在少数民族地区，一边听少数民族歌谣，一边欣赏原生态的自然美景，这份心情怎一个柔软了得！傣族女性，不温不火；据说傣族男性也和齐鲁男子一样，做家务的甚少。我想，这更多地体现了男主外、女主内的分工，而沿袭几千年的农耕传统，傣族男女的分工，自有其内在合理性。

其实，瑞丽人的慢生活，靠柔软的自然之境千百年养成；四季如春的气候，让民众没有更多的饮食之虞。在这样的气氛中，人的自得心理就容易产生。我在瑞丽一个多月，在大城市生活的惶恐与紧张，已然去掉了一多半。小城市的柔顺之气紧密地贴着你，瑞丽让你的锐气隐藏起来，我安然享受起这样的生活，不再企望拥有鲁迅一样刚直的头发，而对柔软产生出更深厚的情感。

端详着瑞丽，软黄的地面上镶嵌的是数不尽的绿色植物、看不完的美景瀑布、听不够的婉转鸟鸣。我总以为瑞丽的读书人少，参加了一次瑞丽人自发组织的读书会，却让我叹为观止。瑞丽爱书人读书的景致也是柔软的，不为黄金屋，也不为颜如玉，更多的是一种阅读的恬淡，如开屏的孔雀，信奉神灵的人总认为它是为自己打开的，而对孔雀而言，想打开就打开，想关闭就关闭，率性而为而已。

我在瑞丽莫里瀑布前停靠良久。莫里瀑布有三条。一条主瀑布，也是那种诗人抒情般的流畅，长发一样飘逸，柳丝一样婉转，高僧一样超然。我在主瀑布前惊呆了许久，仰望、平视、俯瞰。瀑布尽显柔中之刚，一丝一缕构成纱，背对着瀑布照相，会感觉主瀑布的冷滑沿着脊背行走，叙说着时光的轻柔。另一条小瀑布距主瀑布不远，好像主瀑布的女儿，乖巧而柔顺，在阳光里时而像雨丝，时而如布帘，犹如调皮的女孩子撩拨着水花。一座弥勒佛端坐在瀑布的对面，脸上的笑容洋溢开去，他似乎被这条瀑布深深打动了。我跨过瀑布下的一段横亘着的枯木，想接近瀑布，感受她的温柔。我看到弥勒佛大笑着，阳光从树叶中间轻柔地洒下来，那一刻，简直要醉了。另一条瀑布我没能去观赏，因为天色已晚，我猜想，在柔软的瑞丽，那一条瀑布也会有着柔顺的品质，滋润着这片美丽的土地。

瑞丽的马路

这是我遇到的最宽松的街道。在瑞丽，很少看到拥挤的车辆和喧嚣的人群。路上的狗是懒散的，狗不让人，更不让车；人似乎也是散漫的，悠然走过街头，好像根本没有什么事似的。看到他们，你也会悠然起来。

我到瑞丽工作，分管交通。我真不忍心打破这种宽松的氛围。为了让出租车驾驶员打表，我曾经几次明察暗访，得到的答案稀奇古怪。出租车驾驶员埋怨本地人不坐车，而来瑞丽打工的缅甸人，喜欢上车砍价。瑞丽是个小地方，从南城到北城，从东街到西街，人们习惯于乘坐摩托车出行。少数的外地人和本地人开汽车出行。大街上是舒朗的感觉。

我依然保持了在北京的上下班习惯，喜欢行走在马路上。欣赏路两旁的店铺与树木，对北方人来说，这是一种享受，但对南方人而言，未必能引起他们的惊喜。在市委通向市政府的路上，摩托车会占据马路的一边，如北京街头拥挤排列的汽车一样烦人。在瑞丽，珠宝商人和做摩托车配件生意的人吃香。缅甸人喜欢骑着摩托车穿梭在大街小巷中。这种自由或许更适合在山区生活习惯了的人们。

在来瑞丽的日子里，听到很多当地的故事、外来的传说。我在这座边疆小城里度过了一个平静的春节。没有此起彼伏的鞭炮声，没有酒鬼们的咆哮声，有的只是平静。瑞丽是包容感很强的城市，南来北往的旅行者、商人，或是怀揣不同目的之人，来了又走了，走了又来了；大量的缅甸人，平时约占这个城市总居住人口的四分之一。当春节来临时，更多的人离开这座城市回家乡或国外探望亲人，瑞丽就成了一个类似被人掏空的树洞，藏着历史和神秘。我也惧怕这寂静，大年初一就离开这座静谧的城市，沿着高速，奔向田园。

如果你有雅兴，驱车到瑞丽乡下寨子里走走，公路上很少见到汽车在奔跑。悠然自得的牛群和天空中似静非静的白云一样恬淡。有时你会幻想真不该硬修这样一条公路，就让车儿在田间奔跑，看不见柏油路，车子和田野融为一色，与黄牛、白羊群相互映衬着，这就足够了。思维的浪漫毕竟不能代替生活的幸福，倘若没有公路，遇到风雨天气，农村道路泥泞，不利于农业生产。如今，瑞丽的乡村道路，不仅实现了村村通，更重要的是，水泥硬化路可以抵达每一个农户住处。不过，和祖国其他地方的公路相比，这里的乡间公路是寂寞的，寂寞得可以听到鸟儿的叫声。藏在深山的农产品再也不用经受泥土路上的颠簸，而可以悠然地从小地方抵达大城市。当你在北京吃到瑞丽新鲜的玉米和百香果时，自然不用惊讶。这些四通八达的乡间硬化小路，正如一条条脉络在向城市输送着养料。

我喜欢沿着这样的乡村公路在山中盘桓，上山的路左转右转，风景一处接着一处；下山的路自然也是流畅无比，树木闪过，花朵显现出来。坐车在山中穿梭，好像在仙境中游走。如若能下车走一段，你会被山中美景所惑，感觉不到累，感觉不到风的打扰。四处静得像光滑的路面，是无所依托的静，犹如荷叶上即将滚落的露珠。这样的静，在路上盘桓着，拽着你的心往前走。公路抵达村寨，村头矗立着一棵大榕树，树冠高数丈，树叶层层叠叠。你会被树根的簇生而震撼。不知这棵树默默地矗立在村头多少年，正如一位少年，多少年缠绵在那里，一直围绕着村庄生存，一点点长大，长出数不清的皱纹。我伫立在村头，据当地人讲，少数民族有爱护树木的习俗，越是历经沧桑的老树，越会得到村民的看护。那些上了年岁的树，被少数民族群众视为神树，认为这些树能给村庄带来福音。我长久伫立在那棵大树前，想象着这棵大树曾历经了多少朝代，在村头看过多少人背井离乡，又听过多少爱情的表白？自然的风雨它经历过了，人间的尔虞我诈它看过了，而一个村庄属于历史的故事也被它深深地埋藏在树洞里。也许，路过的人都无暇顾及看它一眼；也许，生活的忙碌，让这棵老树仅仅成为一个村庄的象征。但这棵树，自始至终屹立在那里，它送走了一代又一代淳朴的山民，迎来一批又一批探寻者。在边疆，几乎每个古老的村庄都有几棵这样饱经风霜的大树，它们巍然屹立在山民赖以栖息的家园里，多少游子纵使出游万里，也不会忘记村头的那棵大树。在瑞丽，春节归乡的打工游子，开车回来，乡间公路不再寂寞。走到村头，他们会从汽车上停下来，摩挲着大树，看着一根根扎向大地深处的树根。默然流泪，游子的心里，流淌着家乡的溪水啊！

瑞丽的小山村大多有水，水从山上淌下来，像母亲的乳汁，养育了一代又一代的山民。芭蕉绿了，蝴蝶黄了，竹笋出来了。在瑞丽，我到芒岗村去调研，顺着水流，村民修建了一条水沟，水沟边青砖铺设出一条道路，沿路而行，灵动而自然。我向村主任建议，最好沿途种植一些百香果和鲜花，搭成拱门，一定会成为旅游者喜欢的地方。有些水的源头，藏在原始森林里，流向山下的水，清冽照人。怪不得种出的百香果，颜色诱人，味道鲜美啊！这样砖铺的路毕竟算少数，不知怎么，我更喜欢具有原始味道的土路，在阡陌之间，在树林之中，在牛羊欢叫中，这些小路诉说着原生态的美好。瑞丽乡下，这样的路越来越少。

有一次到畹町，我看到中国远征军用来修公路的石碌子，直径两米多，可想当年打小日本的信心有多足；沿着上山的路，我走到杨非墓前，这位撰写《有一个美丽的地方》歌词的音乐家，当时走过许多瑞丽村寨。我在他的墓前驻足长久。文人在世，周边的人往往忽视他的所在，文人离开这个世界，人们会回忆起他曾经开辟了思想之路。有的文人开辟了情感之路，有的开辟了宗教之路，有的开辟了艺术之路。在瑞丽的乡间小道上驰骋，我会胡思乱想一些东西，而这些东西与现实的路构成虚实对应的图景。瑞丽的路让我回想起战争时代的许多往事。瑞丽当时有一个机场，我到现场看时，仅有的遗迹展示着那时的壮烈。在空中运输线上，美国飞虎队曾给中国和平带来了福音。而当我到松山战役纪念馆参观时，看到无数先烈的英灵化成为民族抗争的战魂。散落在缅甸境内的抗战远征军遗部，生活走向多极的道路，是历史的悲壮，还是生存的困扰，抑或是天意的安排？每个人的人生路都会不同，在畹町，我看到华侨机工，为了完成抗日救国的使命，从异国归来，克服千难万险，修路、制造机械，而当抗日战争胜利时，许多华侨机工却流落街头。历史是一条不规则的路，并不是所有的努力都可以换取辉煌，有些美好的愿望最终被现实击碎。在一位参展的华侨机工面前，面对他大榕树一样沧桑的脸纹，我刚想开口，却早已泪流满面。历史就是这样折磨人，谁能保证勤恳的自己一定能换取和平的一生？

还有一点让我感兴趣的是，瑞丽的道路是边疆的道路。瑞丽独特的地理位置，让其孕育出向世界伸展的手臂。无论是中国走向世界，还是缅甸亲近中国，瑞丽都是最好的接口。在这里，你可以发挥想象的空间，也可以作出实际的努力。瑞丽更像一个码头，希望之船会从这里荡漾开去，抵达世界的每一处角落。我时常为瑞丽的道路能延伸出又宽又大的触角而欣喜，作为一个曾经的筑路人，如今到边疆来筑路，我的心里充满欢喜。

瑞丽的路给我许多遐想，过去、现在和未来，瑞丽的路是伸展的，越来越适合人类的；瑞丽的路是国际化的，具有人文历史之美。我欣赏瑞丽的历史之路，也使用现实之路，更希望瑞丽未来的路更好。

路追求干净，也不弃原始。正如一首歌，工整对仗是一种美，随便唱也含着俗趣。在瑞丽，时常琢磨这里的路，生活就充满了味道。

瑞丽的雨

到瑞丽后就盼雨，雪在这个地方是不可能下的。有一次到腾冲，听说下了冰雹，担忧中有期盼。北方人对冷有亲密情结，在艳阳高照的时刻，我期盼天空来一片云，再来一片云，无数的云朵堆积在一起，下一场轰轰烈烈的雨。每当北京下雪，我就会让夫人和朋友们发来图片。我静静地观赏每一张图片，欣赏雪花飘浮在空中的感觉，喜欢雪花打在脸上那份冷冷的凉，北方之冷是埋藏在心底的基因。我在寒冷的季节里，匍匐在瑞丽的天地间。感觉瑞丽的天空犹如北方的秋天一样高远，云是洁白的，生怕乌色沾染，整个冬季没有一点北方的影子，我在瑞丽期盼雨雪，就像一个孩子期盼外出的父母早日归家一样的心情。

有地道的瑞丽人告诉我，瑞丽就分两个季节，雨季和旱季（瑞丽人的简单与容易接触大概和这种泾渭分明的季节有关吧）。好比坦桑尼亚，漫长的旱季大地之黄，短暂的雨季遍野之绿，相互映衬着动物的迁徙，这样的印象给人是多向度的感觉。但瑞丽则不一样，纵使是旱季，也看不到大地裸露着黄色，只不过绿色略微浅淡了些。到瑞丽弄莫湖行走，满湖的水，就如昨天刚刚被雨水注满一样。去莫里瀑布六次，每次看到的瀑布都像长生不老的美女；到原始森林里去，彻夜不断的小溪从山肚子里流出来，让你不会想到这是旱季的大地。

我在花朵中间行走，也在绿荫下面驻足，感觉瑞丽的旱季超越于坦桑尼亚好几倍。坦桑尼亚旱季的大地像秃子，而瑞丽旱季的大地依然茂密。不停息流淌的瑞丽江，昼夜不停地欢歌，似乎在高傲地吟唱着自己的吟唱。

毕竟旱季的阳光具有灼人的力量。瑞丽的春天没有北方春寒料峭之意，就如瑞丽江水，平静而和缓。整个旱季，瑞丽如一位在学校里做学问的老教授，几十年如一日，漫步在校园里。听瑞丽人讲，几乎整个冬天，瑞丽都不会落一滴雨。人们已经习惯了这样干湿分明的季节。而瑞丽的冬天就是一个蕴含春意的称谓，根本没有冬天的冷与凄厉。也许正是这样的冬之绿意形成了当地人性格之平顺。我站在瑞丽冬日的阳光下，感受似北方之春温暖却比北方之春平顺的瑞丽。满眼是绿，满耳是鸟鸣，好像从无风。北方之春是冰箱里化冻而出的食物，瑞丽之春是款款而行的松鼠，从一个树枝跳到另一个树枝罢了。

突然有雨了。那一天去德宏机场接恩师刘大椿，从瑞丽赶往芒市的路上，雨似长鞭，击打着车窗，像要把我从车里拽出来似的。竟然有雷，一阵紧似一阵。担心从昆明而来的恩师、师母乘坐的飞机会晚点，没想到飞机按时到达。观看着窗外之雨，敬望着慈祥的恩师，不知是自然给我的惊喜，还是老师带来的欢乐，心顿时被快乐充盈。

天似乎是开了个洞，向大地叙述着这几个月之所以冷漠的原因。雨滴是它的眼泪，在大地上纵横流淌。我有几次，都涌上一丝冲动，想对老天爷说："停一会儿吧，让大地消化一下你的语言，让大地慢慢聆听你的心声。"但老天自顾自地下，大地徜徉在雨水里，雨水充盈着隔窗听声的我的心海，就像大地一样饱和。这是今春的第一场雨啊！恰恰下在恩师来瑞丽的当口。已经年逾七旬的恩师神采奕奕，如被雨水洗过的大地，充满清新之意。

接恩师来的第二天、第三天，老天开眼，让恩师和师母得以游览瑞丽美景。瑞丽的春雨，就是这样可人儿，迎接老师而来，正如一个蹦跳不已的孩子，一旦把自己的"长技"示人之后，就归于平顺。恩师周游瑞丽的几处景点之后叹曰："瑞丽很美！"应瑞丽市委组织部部长龚茂丹之约，恩师在离开瑞丽的前一个夜晚，为瑞丽市的几百名干部做了一次讲座，所谈是智能革命的问题。老师的话像瑞丽旱季的阳光，而听众的掌声听上去就如噼里啪啦的雨声。

我想，众多人将老师的话听到了心里。

送老师走的那一天早晨，突然狂风大作，雨又大降。在送老师去飞机场的高速路上，积雨碰击着车轮，溅起水花，车漂移出旋转的弧线，我想着瑞丽的雨水对老师的这一迎一送，是否也暗含了我的心境。

送走老师，百无聊赖地在大街上走，怅然若失。看被天泪打湿的路途越深越远，我没有打伞，任凭渐渐小起来的雨滴打湿我的衣服，亲吻我的脸颊。去书店买了几本书，书名与书的内容毫无瓜葛。我漫无目的地在大街上行走，这是一个干湿交接的时光，也许，漫长的雨季就要来了，带着闷热与混沌。我执意买了一个透明的器皿，希望用它腌一坛鸡蛋，以一种生活的姿态度过这个漫长而难耐的雨季。

瑞丽的雨，该来的还是来了……

翡翠

何为翡翠，两种颜色不同的石头也。翡为红，翠为绿，构成翡翠的主色调。当然也有白色或间杂的黄。北京的朋友王极洲，为我介绍了翡翠文化研究专家张竹邦。张竹邦，腾冲人士，一生编撰当地史志，涉猎文化门类宽泛，对远征军很有研究，出版了好几本专著，多是采集于当年参战者的口述和日记。腾冲一战，中国远征军英勇顽强，壮怀激烈。博物馆里观展之后，内心钦佩英雄。张竹邦先生大笔如椽，不为尊者讳，也不忘士兵苦，依琢玉之刀，刻覆玉之皮，从更深层的角度还历史本真，让后人有了端详历史的另一窗口。以这种精神去研究翡翠，张先生就把翡翠看成了生命。

张先生赠我他所撰写的六本翡翠文化专著，每本都有哲思。和一般的翡翠品鉴大家所不同的是，先生不单讲翡翠的开采与成分，还将翡翠与历史、翡翠与人性、翡翠与自然、翡翠与社会融合在一起讲。不呼天抢地扰乱视听，而如潺潺小溪流泻，声美、心纯、宁静。先生的另一个特点是在做翡翠经营时，他更注意挖掘翡翠散落的原始脉络。他每天精研细究翡翠文化，就是为了翡翠文化的挖掘与传承。

我认识几位翡翠玉石的经营者，有的摸爬滚打数十年，有的富甲一方，有的赌石成癖好。赌石有讲究，这些人经验丰富，所得也很深厚，但他们或限于笔力，或讳于商业秘密，平时攀谈都很少把鉴玉心得示人，而张先生通过对翡翠历史与现状的研究，对比古今中外翡翠文化发展，通过收集实物、案例，不但认真总结出行之有效的翡翠鉴赏经验与理论，且较早完善了翡翠文化及其要素，昭示出成功的翡翠经营者与雕琢者的变相思维或反向思维，对那些超世脱俗、不落窠臼者的品质大加肯定赞赏！其将翡翠文化推向雅俗共赏的境界，可谓功不可没。

摈弃了行业竞争与金钱的羁绊，张先生对翡翠的识别就要高人一筹，理性大于感性，平顺代替忽悠，静穆多于喧嚣。先生如翡翠，不急不躁，温良平和，有研究者的风范。为研究翡翠之开采，先生数次去缅甸矿区踏勘，与采玉者交流，与赌石者过招。腾冲是过去五六百年间马帮驮运翡翠入关的重要集散地，通过研究腾冲翡翠历史文化，自然可以梳理翡翠在中国的流转。张先生祖上又是当地有名的翡翠儒商，留下了一百五十多年前经营翡翠珠宝的实物与账簿、日记，世代历有传承，得地利之巧，张先生对翡翠研究可谓驾轻就熟。纵是年迈，他每早仍要到翡翠市场寻宝交流。有一次，我俩在早市约会。看鉴宝者众，听说宝者寡，而以翡翠文化研究为其一生使命的知识分子则少之又少。在先生跟前，我始终觉得自己渺小、肤浅。

赌石之途妙趣横生，又充满凶险。一刀富，一刀穷，一刀砍出麻布，意味着赌石的变幻莫测。小石头藏大境界。人对石头的态度，蕴含着一个人的贪婪与冷静，大胆与谨慎，期待与不安。几乎一瞬间，浓缩了人的诸多情感，也是大社会的真实写照。我在翡翠夜市上，听到人们兴奋的讨论声，解石后的惋惜声，还有斩获宝石后的鞭炮声。纵是所谓的鉴石高人、毒眼，抑或开石圣手，也无法猜出每一块石头的真伪。赌石就在这种吊诡之气氛中，一切蒙混于无限的变幻莫测之中，一刀就见分晓，而这一刀割下的不仅是石头，割乱的更是赌石者的神经，在解剖石头的同时也解剖了自己，又是在搏击周边的观赏者。斗鸡时，观众能在观赏过程中享受刺激，而赌石则让你在期待中饱含担忧与折磨。张竹邦先生一生花费了多少这样的时光，经受了多少这样惊心动魄的场合，才练就了不急不躁的慧眼、不温不凉的禅心、不忧不闹的笔力。先生之思，如琢如磨，如雨如雪，如光如阴，一点点，一滴滴，一丝丝，日积月累，渐成大家。

我虽认真拜读过先生数本专著，但所得还是皮毛。纸上得来终觉浅，周末到腾冲游玩，去翠玉行，听伶牙俐齿的林女士讲解翡翠滔滔不绝，自惭形秽之余，十分敬佩赏玉者的心境；又见橱窗内一只玉镯动辄几十万，顿感囊中羞涩。玉石无价之说，由来已久，一旦标出高价，反让人惶恐。我对玉石制品的价格颇感不解，踱步到一原石旁，问先生此石价值几何？先生回答惊人，你买它多少价，就值多少价！一语惊醒梦中人，先生真乃懂玉高人也。

先生说，古人以白玉为美，而翡翠以绿为美不过五六百年的历史，白绿之分，打破了中国赏玉的审美藩篱。依先生看，石本为石，随着时代演变，绿色成为赏玉之变，代表大自然的主色调，爱绿之美，当属自然。石之为石，本真自然，如若无人之创造孕育其中，则是单纯的自然之物，无所谓艺术之美，更遑论文化。太阳就是太阳，不是文化，而太阳神则是文化。单纯理化、地质的翡翠谈不上文化，我们的琦罗玉、段家玉这些富有品牌特性的艺术品才是翡翠文化，有个性才构成文化。先生对翡翠文化的开悟，醍醐灌顶，令我深思良久。

回望腾冲古城，这座经营玉石与瑞丽不分伯仲的城市，因为有了张竹邦先生，熠熠生辉。张竹邦先生就是一块翡翠，一块凝聚着众多文化符号的翡翠。我佩服。

瑞丽的蚊子

现在最怕蚊子，纵使一个蚊子咬我，也让我无法入睡。想起儿时在沂蒙山区，那么多蚊子，当大地被太阳烘烤了一天，席子铺上去还能感觉到温热，我们被蚊子紧叮慢咬，竟然也能在大人们讲述的故事中睡去。盖因那故事的迷人，能战胜蚊虫咬人的痛苦。没想到，在城市里过久了，人就娇贵了，有小虫子咬就受不了了。艰苦的条件能锻炼人的坚韧力，“虱子多了不咬人”，其实不是说虱子本身不咬人，而是说人感觉不到虱子咬了。什么东西一多，就见怪不怪了。北京城区夏日里家中有纱窗，蚊帐就基本用不上，有个把蚊子，也好应付。北方的蚊子像北方人，还没飞来，发出的声音就和轰炸机一样，容易被人发现，也就容易被人消灭。

瑞丽的蚊子很精，来瑞丽的头一个月没有发现蚊子，所以瑞丽的冬天应该定义为“没有蚊子的季节”；进入二月，蚊子开始小试身手，咬我数次，我权当没有发现它；进入三月，蚊子开始大肆进攻我，每晚我都会被咬得遍身疙瘩。我从卧室转移到客厅，蚊子跟着我到客厅；我从客厅拐到书房，蚊子跟着我到书房。这里的蚊子聪明，蚊子之蚊，从虫从文，所以瑞丽的蚊子是有文化的蚊子，不像北方的蚊子，傻大憨粗，呼叫而来，痛快而死。这些蚊子叫的声音像隐形战机，你刚听到它们的声音，蚊子们已经吸血而走。聪明的蚊子飞快而舞，撩拨得你气急败坏，你最后所打的只能是自己的皮肉。飞旋而起的红疙瘩炫耀着蚊子的智慧，而你望着徒然的四壁，一切都是空空荡荡。想睡去，蚊子又来，又打，还没打着。一日喝多回宿舍，索性以身饲蚊，把四川大学邓曦泽教授馈赠的七十多度的白酒打开。我的血里含有酒精，屋子里弥漫了酒气。我想这些蚊子们应该纷纷醉倒。遗憾的是，瑞丽的蚊子毫不领情，大快朵颐之后，依然优雅飞翔在整个屋子里，从卧室到客厅，从客厅到书房。我的身上布满了它们的累累战果，仅仅从勤劳的角度讲，这些蚊子值得歌颂，值得赞扬，值得颁奖，只是可怜了我这一身来自北方的躯体。面对弱小的蚊子，我只能报以伤痕累累，丝丝心痛。

或许，瑞丽的蚊子就这样潇洒生活了上千年，也许是它们本身面临着生存的紧迫感。不像北京，几千万人口的大城市，蚊子们不仅可以咬男人，也可以咬女人；不仅能咬中国人，还能咬外国人；不仅能咬老明星，也能咬嫩模；不仅能咬皇家后裔，也能咬流浪瘪三。所以，北京的蚊子占尽了资源优势，随便咬，随便啃。而瑞丽的蚊子多，蚊均占有人比率太低，一个横竖不过二十万人的小城，蚊子们层层叠叠，从水塘里来，从垃圾堆里来，从厕所里来，从密林丛竹中来；从缅甸而来，从瑞丽江而来，还有从其他地方而来。这些蚊子，怀着一腔喂饱自己的热望，对瑞丽人发起猛烈的攻击，它们既有战略计划，又有战术经验，还有生存智慧，它们每天把自己喂饱，甚而蔚然而成气候。我似乎看到一个与人同高的巨大动物赫然而立，它们长长的吸管，貌似可怜的身躯，挺立在城市上空，卓然而立的样子活灵活现。它们促生了一个词——“登革热”。在边疆，“登革热”为非作歹了多年，每年一到夏天，瑞丽人就要对抗“登革热”的侵袭，而人们容易忽略蚊子，忽略这个貌似弱小其实很强大的东西带来了“登革热”的传播。

在京数年，热衷于厕所革命，而瑞丽的厕所，从城市到乡村，确实还存在着很多需要改进的地方。我在瑞丽城区，看到一个公共厕所，布满了污泥浊水，孑孓与蚊蝇遍地，难以想象城市还有这样的厕所；而在边疆村寨，人畜粪便的处理也足以让人堪忧。乡村要想振兴，垃圾、粪便的处理不容回避；城市要想发展，消灭蚊蝇刻不容缓。河北岳良村的一个朋友做的真空处理垃圾项目，实现了真空回收垃圾和粪便，农户家里蚊蝇几近灭绝，这是让我欣慰的。我想，假如瑞丽也实施真空回收项目，一个城市的面貌就会发生重大变化，而我也用不着满身疙瘩了。这事不能和瑞丽的蚊子商量，它们断断是不同意这样做的。

瑞丽农场

瑞丽文化是少数民族文化与汉族文化的融合，是边疆文化与其他地域文化的融合。除了历史上因征战因素而导致的其他地域的将士流落到瑞丽外，整建制的从外地而来的人士怕是农场人了。我看过《瑞丽农场志》，里面清晰记载着二十世纪六十年代初，从湖南、云南保山而来的成百上千的农场职工，自然还有北京、四川等地而来的知青，他们构成了瑞丽农场的主力。

今天的瑞丽，拥有南来北往的人。除了当地少数民族居民之外，瑞丽市民中存在着相当一批农场子弟。“我是祁东人”，社交场合我经常听到有人这样介绍自己。农场不仅是一个历史符号，更是一种文化记忆。

初来瑞丽的农场人，喝的是混杂着牛粪的溪水，吃的是难以下咽的粮食，住的是土坯砌筑的茅草屋，睡的是龙竹搭起的单身床。环境考验着这些外地来的年轻人，热血驱使他们创造着美好未来。

在荒地上开垦出良田，在荒坡上种植三叶(橡胶树)，如今，当年的农场人已白发飘飘，有人已经离开这个世界，历史并没有忘记那些农场人和知青奋斗的过去。

那时的艰苦绝非今天所能想象，我看到知青回忆起当年在农场的一个个细节，让我五味杂陈。你会感到那个岁月奋斗的沉重，生活的艰难。一代又一代农场人，坚守着瑞丽的大地，让瑞丽一天天美好起来。我接触过几位瑞丽农场人的后代，他们已经完全融入当地人的生活。口音和走路的姿势，俨然与瑞丽人一样。当年作家王小波在陇川当过知青，不知道这个多情的作家是否也来过瑞丽，是否描写过瑞丽农场人的生活？而今，在操劳一生的老农场人脸上，我能感受到他们脸上依然存有那时的坚毅与努力。这些老人，大多还操着本真的家乡话，他们依然念想着家乡的一草一木。而他们的孩子们似乎已把遥远的故乡当作符号，没有父辈们那么浓烈的对故土的感情了。瑞丽方言改变着他们的血脉，偶尔冒出的瑞丽普通话也有些不伦不类。

瑞丽农场人书写着一代人的精神神话。他们是艰难的一代，也是坚守的一代、开拓的一代。瑞丽应该为这一代人树碑立传。在农场的每一片土地上，当我看到高大的橡胶树、平整的茶园、阔大的农场村，就可以想象当年的农场人是怎样披荆斩棘，在开垦中自救，在困苦中坚守。没有农场人当年的披星戴月、战天斗地，就没有瑞丽的今天。

我流连每一个农场之时，都要问询一些老人，当年他们是怎样以苦为乐、战天斗地，获得精神超越的。许多老人眼睛放光，好像回到了青年时代。这些农场人，不仅带来了耕种技术，也带来了其他地域的文化，在与当地傣族、景颇族、阿昌族、傈僳族、德昂族人交融的过程中，互相影响、互相扶持。傣族的泼水节也是他们的节日，景颇族人的舞蹈也是他们的舞蹈。这些从外地来的汉族农场兄弟，已然成为瑞丽大地上的一分子，成为民族文化共融的使者。如今的瑞丽小城，包容的性格来自于农场人与当地人的宽容之气，内敛的品性来自于相互谦让的礼仪传统。在农场的历史上，种植技艺的革新、交往文化的传递，在影响着瑞丽文化的多元化发展。瑞丽农场人曾代表了瑞丽的一个时代，推动着瑞丽从乡村到城市的全面发展。瑞丽农场人的第二代、第三代子弟，也深深植根于瑞丽这块土地，成为城乡建设的中坚力量。

从整建制的兵团式管理，到改革开放后的农场转型，再到后期划归地方政府管理，瑞丽农场的每一次转型，都经历了华丽转身中的阵痛，都对农场的发展带来新的机遇。每一个农场人，既有昔日的辉煌可以自豪，也有现实的美景值得炫耀。在瑞丽，农场意味着艰难，意味着先进，意味着文化，意味着历史，也意味着希望与未来。我一直想写一部小说，全面描绘农场人的生活变迁，连同那些知青的历史，我想通过不断地深入采访，让第一批农场人的精神复活，让后来农场人的继承细节得以呈现。边疆小城瑞丽，如今不仅需要现代化硬件设施填充，更需要挖掘那些带有时代美感和精神钙片的东西来继承。农场成就瑞丽，瑞丽发展需要继续承继农场人的精神血脉。历史铭记农场人，发展需要农场人，文化更需要农场人啊！

瑞丽斗鸡

一直在感受瑞丽的平和之气、自然的唯美与人的善良。这是四月末的一天，我与我的影子走在弄岛的路上。同行的还有央视《乡土》节目的制片人与弄岛的同事们。谈及民族文化，同行者认为喊沙不可不去。我和我的朋友，在弄岛镇镇长喊沙的引导下，进入一个叫喊沙的村子。

喊沙村我是来过的，军弟带我来过数次，一个优雅的傣族寨子。在瑞丽，这个村所保留的传统民居较多，我喜欢那些带着岁月痕迹的竹楼，还有显示着傣族人生活的壁画（乃村中画家所画）。菩提树悠闲晃着果实，四只大象恭维着四面佛像。在泼水广场上，清晰可见水波荡漾，让你回想那火热的泼水场面。傣家的狗走来又走去，凤凰花开，榴梿挂果，一派边疆气象。这是瑞丽的春天，也是傣家的春天。上次买过一次甘蔗，像少时一样嚼食，这次大家建议榨汁喝。泛绿的汁液喝入口中，凉丝丝，甜蜜蜜。看扫地僧，宽展着臂膀，拿一把大扫帚，像鲁智深一样横扫落叶，一扫帚，又一扫帚，风吹落叶飘荡在他扫过的地面上，好一幅禅意画。喊沙说：“这是奘房。”军弟看有摩托车，说我们今天赶上了斗鸡。

果然就赶上了看斗鸡。池子里的两位鸡主，一位肯定是缅甸人，一位是中国人。他们像呵护孩子一样，一口一口向鸡身上喷着矿泉水，喝一口，喷一口。鸡像角斗场上的重量级拳手，享受着主人的梳理。羽毛喷湿了，再喷翅膀下面；尾巴喷湿了，再喷它们的头颅。两只斗鸡体型不大，偏瘦偏小，但鸡眼灼灼，一看就是斗士的表情。鸡主继续小心翼翼地喷洒着鸡身，观众们操着当地话，窃窃私语。我掏出手机，静静地录制着这一切。鸡主脸上没有笑容，那肃穆、庄重之情，好像面临着一场重大的考验。

终于开始了，瑞丽斗鸡开始了。两位鸡主跳出池外，这个直径约五米的池子，围栏约有一米，两只鸡为了人类的欢愉，当然也为了自己的生存，开始向同伴发起攻击。

中国的斗鸡史传袭了几千年，与斗羊、斗狗的游戏一样，满足的是人的欣赏欲、赌博欲。我曾在北方看过几次。有些狗瘦若刀削，但一上场，众狗皆怕，可谓所向披靡；有些羊看似温顺，但残害起同类，比老虎还凶残。我见过一只鸡把另一只鸡的眼睛琢瞎了，但那只瞎眼鸡，最后依然胜利了。虽然等待它的是永恒的死亡，但死亡前的勇士精神多少有些悲壮，让人叹息。

喊沙镇长的小叔子是一位斗鸡高手，此刻他的鸡还在池外。在斗鸡现场，他介绍斗鸡的来历，讲了平时调教斗鸡的辛苦。他指着池子里的鸡评点着，像一位将军在指点江山。黄鸡主动挑战，灰鸡不甘示弱，立即跃起，振翅而搏，叼啄对方的要害部位。鸡毛片片飞，让你想象着大漠孤烟之地，两军对垒的雄伟。一只鸡发起冲锋，另一只鸡也急忙应战；一只稍有懈怠，就被另一只钻了空子，狠啄一口，周围一片欢叫声，当然有鼓励，也有惋惜。押宝的双方都希望对方输掉，与其说是两只鸡在用劲，不如说是池外的人在用心。我也恨不得变成一只斗鸡，跳进池子，帮那位看似弱小的黄鸡一把。但此刻，我只有咬住嘴唇，暗暗鼓励那位弱小的斗鸡。多年来，我喜欢同情弱者，但对不屈的弱者常常报以钦敬。此刻，这只黄鸡看上去有些弱势，在前几个回合，灰鸡以它的强大身姿、硕大的脚趾占了上风。但渐渐地，你从黄鸡的搏斗里看出了它的智慧，黄鸡一会儿把头钻入对方腹下，一会儿把头缠绕在灰鸡长脖一侧，找准时机就狠啄灰鸡一口，让灰鸡有些招架不住。这只富有心计的斗鸡引来众人的喝彩声。我一边用手机录像，一边对这只斗鸡报之以敬仰之心。做人就要如这只黄斗鸡，既要不管自身弱小而挺立起信心，又要有生存的智慧。灰鸡虽然体格高大，但在黄鸡的频繁攻击之下，体重也成了它的累赘。世界上很多事情充满了悖论，得到即是失去，拥有则意味着堕落。瘦弱的黄鸡越战越勇，拉直了我的目光，拽长了观众的脖子。观众的声音里含着唏嘘、惋惜、拍大腿的声音。一方鸡主呈现出要掉眼泪的感觉，另一方鸡主好像在鼓励着自己的斗鸡。而两只鸡，此刻都显得有些疲惫，在跃跃欲试中也呈现出想喘一口气的缓冲。此刻，它们的羽毛已经炸开，不见了刚才的喷水之湿意。我想，它们的胸腔里装着的一定是战斗的灵魂、胜利的意志。此刻，它们忽视了人的存在，在它们心里，只想着如何战胜对方，如何让自己存活下去。和北方的斗鸡不同，这里的斗鸡多少有些温顺之气，不够血腥，但在这种柔弱里，我感觉到瑞丽斗鸡的文化味道。

据斗鸡者线保兴所言，瑞丽斗鸡每天都有，喊沙村是周六、周日，帕色是周一、周二，等贺是周三、周四，弄恩是周五。鸡主有的来自于其他县市或东南亚国家。我很惊异于这些人的执着，是视觉的满足，还是赌博的狂欢在吸引着他们乐此不疲？

两只斗鸡还在酣斗之中，铃声响了，原来十五分钟到了，因为要去参加一场研讨“美女与牛粪”的聚会，我只好离开斗鸡场。而围绕在斗鸡场周围的看客们，丝毫没有注意我们何时离开，斗鸡成为他们最关注的事业，斗鸡场外一切与他们何干？

听雨瑞丽

来瑞丽数月，雨儿下得不多。问当地人，原来瑞丽分旱季和雨季，在旱季求雨，犹如在北方的冬天求大地之绿。入四月后，有过几次细雨，我从市委赶往市政府上班，不过几百米，也不打伞，雨儿滴在身上，如猫儿爬过一般，有些水痕而已；再从上班的地方回来，雨儿就停了，天又突然大晴了，阳光开始普照大地，连我的腋下都钻满阳光，躲都躲不掉。

北方的雨，就像北方人一样爽利。而南方的雨却不同，那一年，在广州施工，雨儿与热气贴在身上，黏而稠，呼吸沉重。广州的天，是贵妇人的天，雍容华贵中总藏着让人腻歪的东西，不喜欢。北方的雨，太直接了，愣头愣脑的，说来就来，说去就去，像武夫。我来瑞丽的这几个月，偶尔下流星雨，也像暧昧的人，说他表白了，他却什么都没说；说他没表白，他却分明在说着。你想表达，他退缩了；你不想表达，他又开始演讲了。北方人，感受这瑞丽冬春之季的雨，真想反复跺脚：我的个娘哎，你倒是痛痛快快地下啊！雨儿不管你的表情，依然故我。你气你的，它下它的，它不扰你，你生气，算你修行不到位。

一个人在瑞丽，四个多月了。北方的春天，此刻该有第一场春雨了吧！在北京，每年第一场春雨过后，我会和我的朋友们一起去郊外踏青。老实了一冬天的万物，此刻蠢蠢欲动。大地开始泛青，树枝开始挂叶，大地呈现一片生机，这时心情应是最爽的！我时常在田间，顽童一般流连忘返。北京的春天和秋天一样，转瞬即逝，不如我的故乡山东，四季分明，每季都有各异的心情。而瑞丽，正如一枚硬币的两面，非黑即白，非干即湿。在一个鸟儿无鸣的夜晚，我感受到了二元交接的那一瞬间。那一夜的暮色，过早来临，天空压着乌云，乌云遮盖着整个天空。没有了太阳的辐射，这个世界顿时失去了光亮。刚去草草参加了一个聚会，戒酒已经有一周了——来瑞丽后，酒量和身体一样急速下降，到了后半生，要为前半生的过度嗜酒忏悔了。不喝酒真好！两眼可以注视天空和大地，而喝酒，特别是无目的地喝酒，只会注视自己，注视与你喝酒的人。

躺在交流房内的沙发上，听到蚕咬桑叶的声音，由远而近地传来，快贴近窗棂了。听到一只鸟，哀鸣了一声，风就大摇大摆，如法盲一般，无礼而入。我打了一个冷战，急急地坐起来，连忙找了件衣服披上，人老了，弱不禁风。呲呲嚓嚓声尾随而至。还没等我关窗，已有咚咚声响开了。我完成了一次成功的酒场逃离，却又陷入了天魔之舞的追击中。

听雨儿打在窗棂上的声音，像勐秀乡户瓦山寨此起彼伏的鸟鸣；看乱水喷溅的形状，像凤尾竹的尾巴一样，形成抛物线状的水流。探看楼下的那棵莲雾树，莲雾果被雨儿刷掉一个，又刷掉一个，不一会儿，满地已布满莲雾果了。我会在瑞丽完整地停留一整年。雨儿是怨恨莲雾不打报告而自生自结吗？我，会不会也有这突然而至的雨儿的怨恨？我不知道，还有多少果儿落在地上。老乡送来的几个芒果，因为平时忙，顾不得吃，此刻已经泛黄变黑，听着雨声，恰好品尝美味。一个人的孤独，无法感受夫人来时，可以享受切果端送而食的那份优雅，只好洗洗、削削，直接送入口中。泛黑的芒果，据说是连日下雨采摘的果实，因水分过大而不好存放。水果水果，因水而有果。那一天，在百香果果园，看到农民把一些即将长成的果儿摘下扔掉，原来是缺水导致的干瘪之果，百香果一旦长不饱满，就会烂掉。水对水果的作用有多大啊，而雨水还能帮果树淘汰那些弱果，起到自然择果的作用。瑞丽，这一场雨，从晚上下到天明，从早上下到下午，要有多少颗果子落在大地上啊！当阳光照醒落果的叹息，挂在树上的果儿，又喝足了水分，又长圆了，长大了。芒果的果，形状优美而味道独特，突破了其他水果惯有的圆形，青的像翡翠，黄的似黄金，看上去有流线型的汽车美，拿在手里有小鸟依人般的体贴感，吃在嘴里，香香的，甜甜的，美美的。听着窗外的雨，一个人待在屋子里品尝金黄的芒果，是享受。这芒果来自缅甸，而当地的芒果还在成长，即使成果，也不大。想一想，瑞丽该有多少好吃的果儿啊！窗外的雨，像厚大的屏风，逼小了我的无限想象，让这变小的想象空间里，充满了芒果的形状与味道。瑞丽，适合爱吃水果的女子生存，一年四季，可以享用数不尽的水果品种。何况，在四个月的漫长雨季里，一边听雨，一边享受丰富多样的美味，这是何等幸福的事情？

雨儿越下越急，漫天都是水幕。我拉上窗帘，天已经完全黑下来了，我刻意挡住了这肆虐的侵袭。第一次感受到瑞丽雨的急切，雨说："不给我风，我自带风来；不给我鼓，我自带鼓来。"在大地上雨跳起了舞蹈。鸟儿隐没了声音，花朵闭上了笑容。边疆小城，雨下着，好像满城的汽车也都熄火了。不像北京，越是风雨天，各类车的声音争先恐后，生怕少叫了两声以后没有机会叫了。瑞丽之雨，可以让人独享它噼里啪啦的声音，它也独享着瑞丽这天然的寂静。我在雨中，听着，想着，想着，听着，蚊子也和鸟儿一样，不知道到哪里去聚会了，在雨声之外的寂静中，我不由地睡着了。

雨沙沙，雨切切，雨砰砰。我在雨里，想着这么多年，一个人在外听着各地的雨声，享受着一年四季不同的时光。以一个漂泊者的流浪之耳，听着雨的一切，瑞丽的雨，独有情调。或许是漫长旱季的等待，或许是雨打果树的无情，或许是唯听雨声的孤独。夜在雨里，雨在夜中。我对一位友人说："挑剔是另一种赞美。"我对瑞丽的雨说："你的独特，本身也是一种美。"

只是瑞丽的雨儿，一夜下个不停。我几次试图走进梦里，回想这些年各地的雨声，抓拢来，一并对比对比，但瑞丽的雨，驱赶了夜鸟的叫声，淹没了叫春猫的表白，没有汽车声伴奏。瑞丽之雨，就这样孤独而缠绵地下着。我在朦朦胧胧中睡去，又在朦朦胧胧中醒来。而雨还在下着。我担心瑞丽的鸟，那么多鸟，它们的鸟巢能挺得住吗？没有鸟巢的鸟，此刻不会被暴雨冲走吧？还有那些在畹町的可爱的猴子们，在户育乡的老水牛，我一直没能去看、去亲近，它们此刻该是怎样一种情形？雨是万物所需要的，在这座小城市里，还有没有无家可归的流浪汉？他们在雨中，现在该是怎样的情形？又有多少居民，在漏雨的房屋里唉声叹气？我在北方与南方，曾以一个技术员的角度，也以一个管理者的角度，感受到雨儿对工作的影响。而在瑞丽，雨儿在催生万物复苏的同时，给一个城市带来几多灾难？

在这样的夜里，我思考着自己在瑞丽的过往。那位送茶给我喝的兄弟，他本是做小本生意的，我竟然接受了人家的两包茶，这让我局促不安。在雨声的掩护下，我深感惭愧地坚持发微信付钱给他，那一刻，我的心才稍微安慰起来；那位来市委大院送馒头给我吃的市民，我真诚感谢您！但您的情谊我该怎样报答？雨对大地的情谊，大地报之万物的生机；而我对民众报之以什么？我应该成长为怎样的一个果实，才对得起这彻夜的雨和雨后的阳光啊！而我在瑞丽，不知不觉就在听风见雨的时光里老了，鬓角的白发执着而醒目，如雨后的野草般疯长。

雨，在瑞丽一夜疯下，我彻夜难眠。但白天并没有给我阳光，我只好继续坐在屋子里，一边看书，一边听雨。雨大概都厌烦了我的这种姿势吧，好歹有好听的《祝酒歌》，驱赶这份寂静、这份潮湿，让心底不至于太冷。

边城漫步

在食堂吃过晚饭，准备四处走一走，消化消化，事实上也用不着消化，南方的米饭总填不满肚子，倒是那一碗白菜汤很合我的胃口，辣菜总是要吃一点的。好歹有学生们邮寄来的山东煎饼，撒上芝麻盐，再补充一下，散步才算有底气。

来到瑞丽，除了夫人在的那二十多天，能一起外出沿着边城的大街走走，平时所走的街道也就是从政府到市委，然后再从市委到政府，一天来回共四趟，看到的是傣族人、景颇族人、汉族人，还有缅甸人。缅甸人我分不清他们各属于什么民族，你不主动和他们打招呼，他们很少理你。缅甸人的孩子很有趣，有一次路过看他们蹦弹珠，弹了三次，都蹦准了珠子，孩子们欢呼，我也大笑；沿着通往市政府的路，很多家制作家具的作坊，有刺耳的电锯声、难闻的油漆味。有时店家还用木屑烧火做饭，呛得人眼流泪。

三月的大街最适合晚饭后闲逛，特别在这人口稀少的边城。说是晚饭后，其实太阳还高挂在西天，一个象征就是半圆的月亮已经升起来了，像挑战，又像是呼唤。从市委大门出来，不是顺着平常向东走的路，而是一路向南。过第一个岔路口左转，是珠宝街。这里卖翡翠的多，也卖琥珀和其他饰物。此刻，大街上和店里已经没有多少人光顾。据说，今年的翡翠生意大不如前，瑞丽的珠宝市场面临着经营模式的转换。我认识一个青年人，在网络上经销翡翠，每日可收入上千元，看来实体店还是要和网络经营结合起来。信息化时代整个消费市场立体化起来。

大街上的店铺炫耀最多的是手机店，店面干净，音乐激昂。店员一副讨好顾客的表情，介绍手机很卖力，看了想笑；缅甸人开的店铺，各种布料、杂货、服饰似乎都有；边疆的美食似乎不大讲究遮盖，有个流浪汉路过那摆着二十多个盆子的食摊，咽着口水，就像一位贪恋升迁的人看着那么多空位子而不得一样的表情；竟然有好多女人，在岔路口卖米饭，雪白的米饭由雪白的女人来卖，用一个塑料袋，装几碗，随意而自然，在其他城市我没看到过卖米饭的，如果卖的是包子或者馒头，就对我这个山东人的胃口，可惜没有。

有卖坛坛罐罐的，我停在旁边，观察良久。也许是喜欢观赏文物，我对这一类的东西天然地感兴趣。这应该是边疆小城特有的，越来越同质化的边城，或许几年之后，这些东西都会消失了吧！那个高过我的大坛子，装满了米酒，看着就诱人。酒坛是酒鬼的定身符，我不是酒鬼，但有喝酒的嗜好。在大酒坛面前，那红布诱惑着我，一直诱惑到古人月黑风高之夜，独自饮酒的境界。

继续向前走，是娱乐的场子，几个年轻人在玩桌球；再往前走，又看到四支队伍在篮球场打球，围观的人之外是一圈数不清的摩托车。瑞丽人喜欢骑摩托，这个小城人口不过二十万，骑摩托的怕有相当数量。缅甸人更喜欢骑。所以出租车想拉本地人很难。我来瑞丽后，推行出租车打表，司机师傅们尽管支持，但是作出了牺牲。我感谢他们。三轮车和网约车偶尔会出现在你面前，驾驶员小心翼翼地问询你到哪里去，这是边疆一景，其他地方少有。

沿街西行很久，路过几家水果摊，除了榴梿和百香果之类的与外地略有不同之外，已经看不到与外地有多少差别，我一直惊异于此，为什么当地那么多外地见不到的水果，当地人不经营？明明是当地的拳头产品，却被许多人熟视无睹。

继续西行，能看到有些正在挣扎的工地，工地尽头是瑞丽正在完善的弄莫湖景区。那一晚，我和夫人及夫人的两个朋友，沿湖而行，涌上想买两处房屋居住下来的想法。湖水平静，曲径游廊，诱人颇多。男人们漫无边际地走，女人们扭着美腿而行，过着湖边的时光。这里人少，湖就秀出风韵，不像外地，人多扎心，一个看月，恨不得把我挤成烧饼。我在湖畔一个人郁郁而行，大概到了任何一个城市，如果缺少了友情和亲情，一个人的寂寥就会涌上来，寂寥中的美景就不是美景了。

我希望瑞丽尽快发展，但我又怕瑞丽发展起来。发展起来的瑞丽能这么悠闲吗？发展起来的瑞丽能这么秀丽吗？听说当年的弄莫湖可是有着广阔的湿地，而今这些湿地却永远地消失了；如果空气，清新的空气消失了，再怎么呼吸都很难恢复到以前。从这个意义上说，我不希望瑞丽发展得太快。

沿湖只能转一圈了，我毕竟老了。沿湖转数圈，那是青年人的事。弄莫湖公园门口，到处是跳舞的人们，有姿势优美的，也有胡乱蹦跳的，而我已无这样的心境。在边疆，就这样我要漫游一年，我希望我走过的每一步都有感觉，都会留下美好的回忆。无论边城之美渐渐消失，还是向着大城市规模逐渐重塑，我无法改变一个边城的过去、现在与未来，所能做的只是欣赏加感叹。或许对着路人和朋友，停下来，说几句体己的话；或者一起呼吸几口新鲜空气，而当下的瑞丽空气，正如瑞丽原生态的食物一样，在大城市里也是很难呼吸到的。只是，很少有人意识到空气的珍贵。

回到宿舍，不觉已经十点。人乏了，困觉就香，不想其他了，很快，我就进入了梦乡，这是我来瑞丽后最美的一个觉，如同赶上一顿大餐的美味。

牵花之城

我对花总是敏感的。所以家里养了好多花，出差几天不回家，总担心这些花儿们缺少滋润。美好的事物总会给人美好的感觉，在城市，特别是在大城市，远离了田园，在雾霾中生存，在逼仄的楼房中喘息，花朵的笑颜送你明丽的感觉。空气中弥漫着些许的香气，在下班后的时光里，你依偎着花，花缠绵着你，这样的时光会让你忘却俗世的烦恼。城里人远离了土地，我是异化的乡下人，在城市里生存，尤其是在大城市里生存，看多了岩石一样严峻的脸，就喜欢鲜花，就喜欢闻一闻花的香气。然而，这样的享受只是短暂的、隐秘的，甚而是苛刻的。办公室里总不能有过多的争奇斗艳的花儿存在。在北方，到了冬天，即使在屋里，大多数花儿也冬眠起来，很少开放。我真期待有一天，到繁花似锦的城市去旅游一番。有一年冬天，随鲁迅文学院的师生们一起到海南，花儿正艳，灼烧我的眼睛。在花儿之美色和炎热的双重烧烤中，我选择了逃避。有没有一个柔软的城市，在冬天里，像淑女一样端庄，款款而来，带着花的香气？这样的愿望，在寒冷的北方，只是一种奢望，我等了一年又一年，盼了一冬又一冬。北方冬天的风景，室外变化不大，室内的花儿虽多了起来，但总给人一种隔膜感。在一个大型超市，我终于发现鲜花簇拥着柜台，惊叫起来，走近了看，才知是假花，一时竟也无语。期盼冬天之城的花就成了奢望。

有谁知，就在某一年的某一天，这种愿望成了现实。一下飞机，德宏州委组织部副部长方安品、瑞丽市委组织部副部长也美像花儿一样笑着，野外的大地上长着北方夏日里才能看到的玉米。我看到形似三角的花一瓣一瓣绽放着，有红的，有黄的，也有绿的。两位副部长介绍说，这些都是三角梅啊！是德宏的州花。汽车驶入瑞丽市区，四处可见这种花儿。在寒冷的北方，此刻，只有蜡梅在室外绽放，屋里的花多了些人为的痕迹。而在瑞丽，举目望去，四处可见花的影子。花儿在城市里成长，城市在花的烘托中妩媚起来。广州号称花城，瑞丽的花却比广州自然多了；我这样说，广州人可能不高兴。我两次滞留广州生活，一次八个月，一次十个月。广州之花，品种没有瑞丽多，更没有瑞丽自然。或许是气候，或许是瑞丽人对花的宽容，任凭花儿自生自长罢了。

就在花海里徜徉了两个月。城里的花有鞭炮花、木棉花；乡下的花则更多，木本加上草本的花，数都数不过来。在北方只有春风吹过许久，向日葵才会盛开。而在瑞丽，向日葵的花色在冬天你依然可以看到，我猜想凡高的梦一定遗落在这里。

竹子开花你信吗？我在一家经营景颇族手抓饭的小店里就餐，看到高大缠绵的凤尾竹，竹子开着花，就像非洲女人的长辫子。朋友介绍说：这些花开过之后不久，竹子就要死了。竹子以开花的方式向这个世界告别，让我的心头一惊。

瑞丽人赏花一绝。原谅我总和北方相比，北方人总把花放置在室内，一是气候使然，再就是显出养花者的小情怀。在瑞丽，很少看到室内养花的，室内的绿植也不多。瑞丽人习惯于看漫山遍野的绿色，看开满街巷的鲜花，把花移到屋子里，似乎是心胸狭隘的表现。我站在大街上看花，在田野里看花，有几次与朋友还到原始森林里看花。总以为日本的樱花先声夺人，没想到中国边陲小城的樱花毫不逊色。在瑞丽勐秀乡，我在山之阳面，端详着樱花绽放。不远的大榕树，有着独木成林的架势，据说，当年的日寇，在其上搭设碉堡，可以南望瑞丽城，北穿陇川县。鬼子一定贪恋和佩服瑞丽的樱花，在樱花面前他们知道中国美景之多，鲜花之美。这些曾经的入侵者，假如他们还活着，在他们耄耋之年，可曾对当初的侵略忏悔？朋友李军兄弟的姐姐一二十年醉心山野，我去拜访她时，桃花正开着，开着的还有榴梿花和羊奶果花。在北方还是大雪纷飞的时刻，这里已然开放着向果实奋进的花朵。在这些花朵面前，我充盈着一种自豪，是一种疆域的广阔，也是一种气候的舒适，更是一种时光的延伸。在这些花朵面前，我想变成一枚绿叶。

瑞丽人天天吃花。好吃者必有其史，好吃者应有其境。瑞丽的花不仅耐看，大多数花，还是能吃的。黄花菜自不必说，棕包花也是美味。我沿着一个傣族村寨的山岭一层层向上走，我要寻找的是一种叫白花的菜。当时在餐桌上，我是被这种白花菜打惊了舌面，那么好吃的花，我是第一次碰到。在漫山遍野间，我一步步挪动着，还没有看到白花树。在我几乎绝望之时，景颇汉子指着远方的一棵树，说："你看，就是那棵树，山冈上，花正飘。"那是一棵高昂的树，树干很高，高出周围的树木许多，像一个傲视群雄的汉子，而那些雪白的白花，在树的枝条上飘摇，无拘无束，犹如被男人宠坏的女孩儿。这些花与风相嬉，飘着白色的裙摆，卓然而立，犹如古代的仕女。我看呆了，这样的灵魂化为佳肴，焉有不鲜之理？只是可恨的厨师，没有把她们原有的形状保持在盘中，人们只知道食其味，而没有领略到她们的美姿。我将来要研究一道菜，以树为干，以白花辅其上，将自然的白花树移植到盘中，那是怎样的一种意境？我也担心去白花树顶端采撷的农人，原本很喜欢吃的白花菜，以后也就少点了。

瑞丽人竟然以花为枕。在祖国其他地方，以花做枕头的不在少数，其他地方的人能用的鲜花，瑞丽人也能用来做枕头。但瑞丽人用来做枕头的花，其他地方的人想做却没有。其他地方的人可以用莲花和玫瑰花来做枕头，瑞丽人也会做。但有一种开着红花的树，倘若你在高速上遇到，同行者会指着对你说："你看那花多红，红运当头的'红'，这种花我们瑞丽人用来做枕头啊！"我想，睡着这样的一个花枕头，一定有高树的气节、红花的梦想、幸运的吉兆。这种红花叫攀枝花，它把对枝的依恋奉献给瑞丽人的头颅。

瑞丽人与花的渊源恐怕没有一个人能说得清。我找热带植物研究所的一位负责人，给我介绍一下瑞丽的花。她说："太多了，你要我介绍什么科属的？"我的天，我还是混沌着，如果把一朵花根究到是什么科、什么属，那是植物学家的事。对我而言，这些花好看就行，装点世界就行，品种繁多就行，让一个小城充满花的香气与美丽就行。为什么非要知道这些花儿们的名字？为什么非要问询它们是什么科属。去莫里瀑布，植物多样性催生木本的花次第盛开，草本的花铺满山间。这样的境界，值得去一点点欣赏，万千花朵值得我们一朵朵去竞猜。猜测它们的祖先来自哪里，猜测它们传了几世几代，猜测它们何时开花、何时结果，猜测它们拥有怎样的风世界？

我在清晨醒来会闻到花香，晚上散步会听到花开的声音。在这样一个城市工作、生活与学习，你好像总被鲜花牵着，从一处花海走向另一处花海，从一朵别致走向另一朵别致。牵花之城让你成了一朵花，或者一枚绿叶。

我时常感叹瑞丽之花的丰富多彩，而更让我感叹的是，瑞丽之花是自然之花、自由之花。这些没有雕饰，很少被修剪，却依然代代相传、盛开不衰的花儿们，正如瑞丽的各族人民一样，争奇斗艳，生活多姿多彩。

我喜欢这样一个牵花之城，也喜欢更多其他地方的朋友与我一样到这个美丽的城市或牵花，或被花牵……

瑞丽洗石

此刻，在鸟仙子的叫声中，我在欣赏书房办公桌上一块来自南宛河的石头。这是一块以小见大、以拙藏巧、以古朴蕴含现代气息的石头。山的脉络沿等高线形成不同的褶皱，而自上而下的一个断裂带则像被树木掩映的深沟。我喜欢爬山，泰山、黄山、衡山……爬过数次，南北方的山的确不同，不同在山石的形状、树木的高矮、水韵的伴随。我凝视着这颗一手可握的石头，想当初，我和智荣、王兵和啊珠四人，在南宛河边，本欲到河中心去淘石头，怎奈水深流急。听说对岸是不能去的，缅甸人早年在对岸埋有地雷，时有贪鱼的人被炸伤。我赤脚沿岸行走，鹅卵石硌得脚生疼。我想，小时候赤脚在小河里奔跑，却无这样的感觉，人进了城市，反而对自然就疏离了。我在水中一块一块地淘洗着各种样式、各种颜色的石头。王兵说，他怎么也不喜欢这里的石头。我听到这话很不是滋味。我不能强求别人喜欢石头。就像别人不能阻止我喜欢这些石头一样。此刻，这颗摆在我书桌上的石头，就如袖珍的山水，它让我感受到自然的造化。在我眼里，这些可爱的石头，每一个都有无限的象征，每一块都写满时空的记忆，每一枚都缀满美学思维。我看着它们，心中欢乐无限。

我一共捡了六十多块石头，随同我一起喜欢石头的刘啊珠老师也捡了不少。同来的智荣没有捡石头，或许他对这些司空见惯了吧！我爱自然的一切。

对这些石头而言，它们被河水冲刷了多少年，经过石与石的碰撞、沙与土的打磨、雨与水的亲吻，它们日渐显现出圆润中的棱角、不好再变的气质，犹如人到中年沉淀的品相。我摸着一块又一块形态各异的石头，猜想它们从哪里来，带着哪个山寨的气息，带着哪个民族的文化，或者当初它们怎样被人类遗弃在河床里，今日它们又怎样发出或乖巧或尊贵或威严或诙谐的人的味道。我在河水里，摇动这些石头，让淤泥从它们身上滑落，把寄生在它们身上的诸如贝壳类的动物一一剥下。我看到河水已让它们身体变色，岁月已让它们忍辱负重了无数日月。不知道是我该庆幸发现了它们，还是这些石头该庆幸我把它们从沉睡中唤醒。我真想一块一块地把南宛河里数不尽的石头请出来，并不是我怀着多么强烈的贪婪、占有之心，而是我想每一块石头都是会说话的生命。它以自己的历程教育人们，唯有经过时间的淘洗，才能造就独有的品质；只有经过与其他事物不断地磨合，才能在长河中占据一席之地。这些富有生命灵感的石头啊，是风月寄存者，是争斗默写者，是自我砥砺者。我在每一块石头身上游走，它们或沉实如金，或轻松似木，或滑润如肌，或粗糙如砾，都会触动我的心灵。它们与淤泥为伍，与脏水相伴，与岁月之磨刀石争抢地盘。最终它们老了，饱经风霜而坦然静默于长河的一隅，没有更大的洪水波浪，它们静悄悄地躺在那里。但遇到大的风暴，它们也会迎击风浪，像风浪一样抗击风浪。我在一块石头前羞愧，岁月让一块无形的石头修炼成山川的形状。众人喜欢翡翠，我却唯独喜欢这大自然打磨的原石。原石的美感储存着岁月历练，而在翡翠制作的所谓宝石中，再精美的造型我都会猜想到人工雕琢的痕迹。人再能，再精巧，也无法超越自然之手、神武之力。我在我捡到的每一块石头身上，看到岁月的美质、天然的赠予。而翡翠挂件却让人很俗，就像人的层级尊卑分类一样俗不可耐。万颗翡翠赶不上一颗自然养育的石头，是因为石头是自然的。此刻，在我的书桌上，这颗具有山峦形状的石头，对我而言，形同兄弟。它像我见到的太行山麓的层层山峦，又像西部高原上蜿蜒而去的黄土高坡，也如云贵大地的层层水田，还像少时在故乡永远走不完的名山大川……

王兵兄弟虽然不喜欢石头，但他最终还是帮我把这些石头背回宿舍。我如获至宝，当夜就把这些石头洗了几遍。石头们退去身上的污垢与鱼腥气后，在清水里一个个如饱学之士、轩昂君子。有三个心形的石头，一红一黑一泛黄色，让你对芸芸众生浮想联翩，多有感慨，岁月让不同的心虽有修炼，但却难以改变它们当初的颜色。有一块鹅卵石身上坑坑洼洼，写满了文字，难道这是它在天地间书写的日记堆积？一块无规则的石头处处透着美的规则，像一位铺排宏大的哲学家，每一句话充满着逻辑。我把每一块石头贴近鼻孔，嗅闻着它们的气息，清水已将依附于它们的龌龊涤荡走，但仍有些微的气息和颜色，带着它们在南宛河中生活日久的气质。我短暂的淘洗不过是对它们无尽岁月的一个总结，也许在南宛河中，这些石头会被岁月打磨得日渐美丽。或许最终它们会被其他砂石冲撞成万千沙粒，但此刻，它们定格成美的永恒，定格成自然的沉淀物，定格成一种气质的凝练，定格成给我以精神启迪的最佳参照物。面对这些灵性之物，我想，贾宝玉的宝石怕是逊色多了。

朋友让我写一写傣族的泼水节，那么盛大的场面我怎么写得了？就像我一个喜欢石头的人，让我去做翡翠雕刻师，的确有些难为我。我通过淘洗石头，感觉石头的美丽如斯。一代一代的傣家人，一个寨子就如一块石头，每块石头在泼水历练中打磨着自己，正如岁月淘洗石头一般，年年泼水节，让美的形象存留下来。南宛河与我，淘洗的是石头；傣家人的泼水节，淘洗的却是人心啊！殊途同归，美的定格与传承，所遗留给人间的是无限向往。傣族的泼水节正如永不停息的河水，让人心更圆润，让造型更美丽，让世界更美好！

在路听风，情深瑞丽

从昆明到瑞丽有多远

很久没有见到大城市了，今日抵达昆明，高楼那么陌生，涂口红的女子那么陌生，贴瓷砖的地面那么陌生，甚至千人一面的形象也那么陌生。这个和北京一样的城市，一点没有呈现春城的形象。它和其他城市没有区别，和北京没有区别，和上海没有区别，和纽约也没有区别。这个城市和其他城市一样，被一幢幢楼房簇拥着，被混凝土掩埋着。被云南人称作“大寨子”的昆明，找不到一点大寨子的气息，高楼、广告牌、汽车喇叭……

这个城市，我分不清它与北方的区别，分不清它与其他城市的差别，我甚至想，在这个温暖的城市，为什么屋顶和北方一样光秃秃的，没有一点绿植。拙劣的设计师以规范为刀切割人创新的勇气。高明的设计者总以他们自以为是的思想统治世界，他们让世界归于一种建筑格调。远离自然是他们的追求，高耸入云是他们的目标。我从一个边疆小城——瑞丽赶来，为的就是缩小瑞丽与昆明的距离？就是为了让瑞丽高楼林立，在陆地上布满公路，让森林渐渐消失？我是为了羡慕昆明的大而来？

我从北京抵达瑞丽，用的是飞翔的姿势，而从昆明抵达瑞丽，仅有飞翔是不够的。一个小时的空中飞行，看到的是白云层层叠叠，森林一山一山。

和北方不同的是，从昆明抵达瑞丽，在飞机上，你看不到黄土，你所看到的就是无限延展的绿色。我喜欢从昆明飞往瑞丽的感觉，在空中，你以你从未有过的音乐感，感受白云与山野托浮着一架飞行器，一只人类自己发明的大鸟。从昆明到瑞丽，从空中俯瞰，绿色渐浓，浓成眼神照顾不来的风景。我曾经猜测我要抵达的城市该是怎样的一种样子，在空中，我已经隐约感觉到瑞丽的美了。这一小时的空中旅行，该是怎样激动心海，又该是怎样给你想象的未来？

从玄幻般的空中贴地飞行，是从芒市赶往瑞丽的一小时旅程。我清晰记得接我的徐科长、方部长、也美部长和蒋谦主任。甜玉米在野地里撒欢，三角梅招摇我的双眼。我从未看过这样的春天，一小时的路程，就是一个悠远的春天。有芦苇一样的甘蔗花，有繁密茂盛的大榕树，有汪洋般泛滥的野草唰唰倒向车后边。我感恩接我的每一位同志，他们以他们的理解介绍着旅途的景物，而我，无法以他们的介绍解读我眼中的景物，正像他们无法理解一个来自北京的人如何惊异于边疆的一草一木。

那一小时的汽车行驶，对我犹如一个世纪。空中飞行充满想象，而贴地疾驶又好像让我与大地有了对话的机会。无论是蝴蝶的轻盈，还是飞鸟的孤鸣，对我都是一种禅意，都会引发我的共鸣。春天在冬天里突然窜出来，让你猝不及防，无法想象。无边美景如电波刺激，一遍又一遍，一轮又一轮，我有想哭的感觉。平稳涌流的瑞丽江水啊，如一把梳子，轻轻梳理着我，让我的心静下来。蒋谦老弟开车，善解人意，从畹町下高速，穿城徐行，瑞丽小城的一切尽收眼底。即使今日，我也难以忘记蒋谦给我介绍的每一处细节。我知道，我的优势与不足，就是喜欢观察细节，而初识细节就让我对瑞丽念念不忘。

从昆明到瑞丽有多远？是乘一个小时的飞机加一个小时的汽车的距离，还是从现代到古代的距离？是从冬天到春天的迁徙，还是从空中到大地的回归？是自我的凝视，还是对他人的省察？是对城市的厌恶，还是对自然的留恋？是哭与笑的分界，还是切割？我抚摸着时间之光，思忖从昆明到瑞丽的距离。在虚幻与真实之间，琢磨一个人精神的厚薄。

我知道，我深深地知道，丈量昆明与瑞丽的距离，需要的不仅仅是测距仪，而是精神的光芒。我愈来愈感知，一个人的世界，有时连自己也难以说得明白，就像从昆明到芒市的飞机上看到的白云不可揣摩；就如从芒市到瑞丽的汽车上看到的荒草一样无法猜测。每个人感知世界的方式不同，所得到的距离感就不一样。的确如此。

夜行车

今夜，从芒市开会回来，已是夜里十点半。边疆开会，动辄夜里举行，也算特色。入乡随俗，只能苦中作乐。从瑞丽赶往芒市，需要匆匆拨完几口饭，来不及问肚子饱了没有，就开车上了高速路。

从瑞丽到芒市的高速路新修不久，路好车稀。我有个艺术家兄弟刘欣欣，现住日本海滨，喜欢到世界各地裸奔，虽说在美国大峡谷裸奔所留下的身影没有美女美妙，却也共天山一色。欣欣兄适合到边疆高速公路来裸走，他会感觉到超越美国与日本。这里毕竟是祖国，王小波就喜欢这里的自由与洒脱。

从瑞丽到芒市的高速公路有多寂寞，行走在其上的汽车就有多威武。我在北京开车，车常如乌龟爬行。这里的高速公路，让汽车很任性，如大半生找不着女人的光棍，一旦娶个女人，像供着神物一样；很远见不到一辆车，我们的车为了找同伴，也只好快加油门，否则感到对不起这路。这里的汽车，如果是人，一定能享受到趾高气扬、扬眉吐气的快感。

从瑞丽赶往芒市，正常驾驶，也就一个多小时的路程。开车的司机是傣家人，开会的同事是余加昌，这让我心头失去了拘谨。索性在汽车上学起傣歌来。昨晚在民族中学，喊沙的妹妹喊瑞，教我唱那曲傣家的祝酒歌。喊瑞是中学政治老师，身兼副校长等数职，唱歌有磁性。她一句一句地教，我一点一点地学，今晚在车上，所学的夹生歌算是派上了用场。和我一样出生在二十世纪六十年代的傣家司机，也不会唱傣族的祝酒歌，但他会辨别我的唱音吐字是否正确。一路行程一路歌，听人家评点也是享受。

傣家兄弟听完我唱傣族的祝酒歌，建议我要唱一曲景颇族的祝酒歌，他不会想到，我提前做了功课。勐秀乡文化站的毛站长，唱景颇族的祝酒歌最拿手，我虽未得其真传，却感受过他教唱的认真。虽说我是公鸭嗓子，但毛站长是小伙子，耐心可不小，一句句地教我，让我在去芒市的汽车上，有了声嘶力竭向两位同行者显摆的功底。傣家司机被我唱笑了，他一定听出了我哪里跑调了；余加昌快被我唱哭了，他一定听出我的声音比汽车马达好不了多少。管他哪，我依然故我，一路欢唱。唱完景颇族的祝酒歌唱傣族的祝酒歌，唱罢傣族的祝酒歌再转回来唱景颇族的祝酒歌，不知不觉就到了芒市会场。人像打了鸡血一样兴奋着，下车到会场，我感觉在会场的表情一定是神采奕奕的。也许此刻，会场外的司机兄弟也在咂摸我的一路欢歌偷笑哪！

按下会议内容不表，会议开了两个半小时，我们才得以从会场出来，沿芒市大街而行，两旁的路灯如欢送我们离开的朋友们的笑脸。这是真正的夜晚，也是真正的高速路。收费站把芒市的背影丢在身后。汽车在高速公路上行驶，好像没有了世间万物——包括星星与月亮。今天下大雨，天还阴着，月亮和星星不便出来；鸟儿也不叫，不曾看到高速路上有野兽出没。只有我们这一辆车向前、向前、向前，马达发出的韵律，比我的歌声要好听得多。在回来的路上，我没有唱歌，就让汽车马达一直在唱，一直在疯，一直在与高速路赛跑。

高速路两旁的万物，动物和植物，凤尾竹和红橡木，长隧道和矮山丘，都在静默地听着马达的轰鸣。我从马达声里，听出韵律，也打着祝酒歌曲的节拍，用心在发音，用身体在伴舞。也许我永远无法理解刘欣欣老兄的裸游到底意义在哪里。因为没有蝉儿回应，没有金黄的芒果在漆黑的路上回应，甚至没有两位教我唱歌的歌唱家的心理感应，否则他们此刻会发短信给我。

黑暗的路似乎比来时的路更加漫长，越想尽快到家，越感到离家遥远。从遥远的北京，抵达这个人口少得不能再少的城市，去一趟芒市，就如去了一趟大城市。

夜在夜的肚子里思想，终于闻到大粪的气息，我知道快接近这处富有人味的城市了。而夜已深沉下去，乃至到了自己也不知道自己有多深沉的地步，就像大师不知道自己做大师到底有多深沉一样。

快到家了，我才知这高速的空旷，就是为了显示夜的逼仄，夜的深沉，夜的伦理，或者夜的明天。而我的心感觉被掏空了，感觉很累，似乎一天一天就像不停息的陀螺。

我在夜行车上，唱了一夜歌，唱了一路歌，唱了一车歌。第一段有声，第二段听声，第三段以沉默为声。但都是歌，只要你会听。这都是夜行车载我，在高速路上来来去去的啊！

我要感谢夜行车，特别在深夜，万籁俱寂之时！

回到北京想瑞丽

我不知道挂职的朋友是否有和我一样的感觉，回到北京，总对瑞丽有一种心疼般的牵挂，好像多年前离开故乡，故乡的一切都会走到梦里来，翻到碗边来，甚至绷紧到一个行人的面孔上。

走在北京的大街上，看到火红的月季，总要和瑞丽的月季相比，比的不是红，而是它们之间被风吹动的差异；听到外地口音，想想那人是不是云南人；喝一口云南茶，就猜测是不是我写过的等嘎茶厂的古树茶啊！家门口有一家饭店名曰“和顺小镇”，挂职前去吃，感觉十分正宗，现在回来，再吃，嘴就刁蛮了，虽不说话，心中却已明白了与瑞丽美食的差别。我在瑞丽，很难吃饱，但回北京后，恶补了“九转大肠”“大葱蘸酱”等北方硬菜之后，瑞丽的“牛肉干巴”“笋炒白花”等小吃的味道，却不时地诱惑着我。看一眼红木制品，就会评点人家的红木没有我们瑞丽的大气古朴。似乎北京城里的狗也是不友好的，在瑞丽，狗们几乎普遍地具有暗藏五湖四海、看过万山红遍的气势，你瞅它一眼，它却懒得看你一眼。不像北京的狗，每一只狗都可能咬人，看到北京的狗气势汹汹地走来，你要提防；狗也提防着你，它一直转悠着警惕的眼睛。而瑞丽的狗们，眼帘是塌下来的，如莫里瀑布一样优美、可亲。那瑞丽的芒果，鲜掉你的舌头；瑞丽的蜂蜜，透着荔枝花香；瑞丽的杨梅，颜色红得俏，味道美得贼。北京城纵然大，哪有这种品质的尤物？

我在北京大学校园里行走，过去看，有多少奇花异树让我惊叹？现在再来，我总是想着和瑞丽漫山遍野的花鸟去比比。瑞丽的柔顺，是万千树木动物营造起来的。独木成林的景观，怎么能在北京看到？瑞丽江水的碧绿，怎么能让画家画出？在瑞丽，我天天写文章，赞美这个城市，没想到越写越多。事实上，瑞丽有永远写不完的美景，永远说不完的情话。在瑞丽，我的确怀念北京城里的朋友、北京城的历史，或者饮食，或者狐朋狗友的相聚。而瑞丽城市——老乡之间的亲近，同事之间的互相帮助，人与鸟的和谐，在大地上的闲逛，在北京城里能找得到吗？我在北京，在这个古老的地方，回想瑞丽。瑞丽就是一个簇新的孩子，天地新，城市新，居民新，一切都是新的。从新的地方回归到旧的地方，从小的地方回到大的地方，从南方回到北方，我还是喜欢我的瑞丽。瑞丽，以它四个多月对我的情怀，让我拥有想放弃伟大、追求渺小的奢望。

听到中国人民大学英语外教老师的声音，我回想，在瑞丽，一位英语老师的勤恳与亲切；在艺术学院听学生们歌唱，我回想喊沙的妹妹、勐卯文化站的毛站长一句句教我唱傣族歌曲、景颇族歌曲的情景；在潘家园古董市场，我想到瑞丽赌石市场的繁荣。瑞丽如同一个新的坐标系，不时在丈量着北京的坐标，让城里的建筑、行走的人物、飘逸的歌声，都得到瑞丽的检验。瑞丽啊，瑞丽，多么像回音壁，它在考验着一个有去难回的我。躯壳可以再回北京，而灵魂却永远丢失在瑞丽的荒草野坡上。

在北京逗留的几天里，瑞丽一直隐藏在我的身后；而回到瑞丽，北京又会魂牵梦绕。这是游子的情怀，也是“挂友”（挂职的朋友）们独有的感受吧！

回到北京想瑞丽，也是心中特有的风景，这风景只有经历过的人才能感受到其中的美妙。

离京返滇的前几天晚上

这个城市似乎不再属于我，尽管这里有我的住房、朋友和学生；也可能历史上这个城市就没有让我亲近过，高楼林立、面孔陌生，“高大上”的外表下，裹挟的是更多人的冷漠与僵硬。我从学校里走过一遍，从东门到西门，再从西门到东门。去年的核桃树挂了今年的核桃，去年夏天的博士帽被戴在了学弟学妹头上，老校长的铜塑手指又磨亮了许多。有去遵义工作的博士同学回校参加他老师的葬礼，相约行走在校园。走到我们共同住过的红一楼，楼梯口加了一道门，楼梯改成了坡道，宿管阿姨陌生地看着我俩，我俩却感到她陌生中透着熟悉。这个校园就像一个家，曾经暂时安顿过我们的身体与灵魂。而我感觉，我的灵魂一直漂泊在路上。

那天夜里，参加了一个盛大的聚会。曾经的好友富商不断叹息，也许过度的逍遥让他已经对这个世界丧失了记忆。生活在大城市的人们总是这样歌舞升平。而西南方的小城，不用我牵挂，就有人询问，询问使我变成祥林嫂一样的机械人：自然之美、人文之美、历史之美、边疆之美……我一遍遍介绍，一遍遍完善着对一个小城的描摹。我迎合着北京城里的人，对边疆小城的探寻，而我的心已离他们很远很远，他们生活在城市，我生活在乡间，我把自己想象成在山林里游走的野人。

友人摸着我的脸说："你真黑了，黑成了铁块。"我答："脸黑心不黑。"有人打圆场说："他原本就黑。"不仅黑了，也的确瘦了，瘦成了青年时代的我。那时头发黑，现在头发一点点白了，是到了瑞丽才开始白的，一天一根，还是一天数根，我无法数清楚。

我计划在北京的时间，一半用来工作，一半用来休息处理家事。遗憾的是，几乎每天都在忙于工作，为着那个小城，我越来越与北京形成了讨价还价的关系。昔日各个部委的朋友们，今天成为我为这个城市呐喊的倾听者。我不知道自己为什么会喜欢一个并不发达的小城。而小城的小吃尽管丰富，但有时会驱赶一个异地人的胃口。在北京的几天，我连吃几天"九转大肠""红烧猪蹄""大葱蘸酱"之类的大菜弥补在瑞丽的亏空，一边向北京人介绍瑞丽的撒撇等美食。作家朋友、同学和同事，请我小酌，像富豪怜悯农人一样，给我点一些我爱吃的菜，虽然短期内不可能让我瘦下去的身体膨胀起来，但足以让他们感到安慰。我在众人贪婪的目光中张开贪婪之嘴，不知道是品味远去的时光，还是品尝久违的味道。

而怡人送的白衬衣足以让我感动，她说："你一天换一件白衬衣，别给北京人丢份。这样的好兄弟，在北京过去的时光里，给我语言的琉璃闪光，也让我在这样的时光里感受家乡的温暖。"在北京的每一天，几乎像兔子一样忙，为了远方的小城尽快实现它的梦想，我只能选择忙碌。山东的一位作家兄弟去世了，因为与有关部门研讨中缅通道的事宜，我没能去德州参加他的葬礼，请这位好兄弟原谅我吧！说好回故乡临沂，看望接连失去两位亲人的妹妹，也因一次招商活动而泡汤，感觉心里对不住妹妹。包括原单位，我也没顾得回去看一眼。我似乎成了大忙人，而时间分配给我的只有这些。我感觉自己每日就在城市与乡间奔跑。

昨晚，我终于与恩师同餐。恩师谆谆告诫我，一个人在外，要学会把握自己；鲁院的老师则希望我多吃点肉，说我瘦了不好看，他的口气，就像我同学，而我同学和他说的正相反。

今日，就要离京返滇了，我像一只迁徙的鸟儿，在自由中藏着悲悯。从北京到瑞丽我感受到清新；从瑞丽到北京，我找回我的胃，好像失去了灵魂。而今，我又要从北京飞往瑞丽了，事实上，我是一只永远飞翔在空中的鸟，不会归属于任何一个城市，但任何一个城市都会成为我心中的风景！

澜沧走笔

从勐海大益茶厂买茶时，我遇到几位去年开会时认识的大益展厅的朋友，久别重逢，分外欢喜。乘兴买了些茶，离开时还有些恋恋不舍。我非嗜茶之人，但北方的朋友知道我在云南工作，有时不得不买一些茶邮寄给他们，以避朋友唠叨。

勐海之茶，号称王茶，冰岛之茶，据说有“王后”之称。去澜沧观茶，当地古树茶，则有“香妃”之誉。到澜沧的当晚，我与当地一位朋友去茶舍品茶，果真闻到澜沧古树茶的茶香，分外独特。我抑制不住又买了一些，拟送亲朋好友。当地茶人实在，不善讲价，也不好意思削价，双方相让着成交。我对这样的民风，怀着一份向往。

人在车中坐，车在画中游。沿着弯弯曲曲的弹石路行走，可以尽赏澜沧的村村寨寨。一寨一风景，一山一风情。古树茶各有味道，台地茶亦风光无限。车上的歌者，据说是当地文化局的女子，一路解说一路歌，她是拉祜族人的一个缩影。

石老县长是对拉祜族文化遗产保护做出突出贡献的人。他认为民族文化对促进民族团结、边疆稳定和经济繁荣具有十分重要的作用。拉祜族人“能说话就能唱歌，能走路就能跳舞”，此次澜沧之行，我算是切身体会到此言不虚。

拉祜族演出团队有三位老艺人，深谙拉祜族的歌舞艺术。他们带领一个演出团队，连续八年到央视演出。如今，他们的歌声与舞蹈，征服了祖国大江南北的观众。在拉祜族村寨，我第一次感受到这个团队的整齐、宏大与欢快。老县长十几岁时就练就吹芦笙的技艺，他的现场表演，让我感受到一位拉祜族领导者，对本民族的热爱、担当与精心。他跳跃的姿势、吹芦笙的悠扬、对历史掌故的熟稔，让你难以相信他曾是一位县长。正是这位县长，在他就任澜沧县长达八年的时间里，让拉祜族歌舞走进族人的日常生活里，走进央视的节目中，成为被众多观众瞩目的好节目。

葫芦是拉祜族的象征，因为拉祜族的祖先是从葫芦里走出的一男一女，随后繁衍了拉祜民族。如女娲造人的传说一样，拉祜族人对葫芦造人的传说深信不疑。在拉祜族村寨，房子上镶着葫芦，村头摆着葫芦，随处可见各种葫芦的塑像造型。芦笙的关键部件也是葫芦造的。芦笙这件乐器意谓拉祜族为葫芦所生。拉祜族人将插秧、割草、收稻等一系列农活编排进舞蹈，一把芦笙，演绎万千世界。芦笙阵阵，伴着舞姿翩翩，把拉祜族人勤劳、欢快、纯朴的性格演绎得淋漓尽致。拉祜族的歌，取自原生态的一切，演员以原生态的方式演出，勾勒着现实生活。拉祜族用歌声演绎生活，用芦笙吹出动物的叫声。歌因芦笙而动听，芦笙因生活而表达丰富。我花一百元钱买了一支芦笙吹奏，我以有形的姿势，感受着拉祜族人无形的想象。在拉祜族人家，我看到一位拉祜族妇女正织着一个书包，对其中的牙齿样的图形不解，问询她。她说，祖先生下孩子，当时奶不够吃，是靠吃狗奶喂活了孩子。因此，拉祜族人敬仰狗，从不吃狗肉。锯齿图形就是为了纪念恩狗。我感佩这样一个有着三千五百多年历史的民族，至今保持着报恩之风。一个将生活升华到舞蹈的民族，让生的滋味更有韵律；一个有着感恩史的民族，书写的是尊重伦理道德的文化。

我从拉祜族人的舞蹈里看到他们的坦诚，我从孩子的稚嫩声音里，感受到这个民族蕴含着伟大的希望。澜沧是一个有着十几个少数民族的边疆县，各个民族和谐相处，共同护卫着高山坝寨，一代又一代，繁衍着他们的子孙。拉祜族人以歌者的心态生活，以不息的奋斗酿着生活之蜜。在边疆之地，众多少数民族也如拉祜族一样勤劳、勇敢、善良，以自己的智慧开垦着不同的田野。

我在一个移民村，看到从山顶移到坝子里居住的拉祜族人，整洁的石板路和新盖的平房，有着城市的气度与舒适。新一代拉祜族人，拥有了开启新生活的住所。难怪小伙子们跳起舞来无拘无束，小姑娘们唱起歌来声音嘹亮。是清新的自然之美，润亮他们的声音；是幸福快乐的生活，塑就他们的舞姿。在当地政府的引导下，政府将院士请来，种植林下三七。我步行在布满松针的林间小路上，看着那些挺立向上的三七绿苗，真为拉祜族人高兴。

生活无时不在演绎着动人的故事，有着古老传说的拉祜族人，在新时代，依然在书写着美好的故事。无核葡萄大棚，在扩展着拉祜族人的美好生活领地；俯身插秧的拉祜族人，给你带来的是他们勤劳不息的耕种习惯。在澜沧，我以我走马观花的肤浅，感受着这个民族的昨天、今天与明天。一个懂得用歌表达生活的民族，也一定会让生活过得像歌一样美好。

夜晚，我在宾馆，将勐海的茶叶与澜沧的茶叶搭配成十几份，分别邮寄给远方的亲人和朋友。我要让远方的他们，感受到边疆少数民族的情怀。他们或许不知道少数民族的品性，正如茶一般，滋润了历史，澄澈着当下，也在为明天众人的口感积累着自己的品质。普洱辖下的澜沧盛产普洱茶，而像拉祜族这样的少数民族，正像经年的普洱，历尽风华，藏着韵味。

来澜沧喝茶吧！你会有幸接触和拉祜族一样优秀的众多少数民族，他们共同让普洱茶有了更独到的滋味……

有一个美丽的地方需要铁路

不来瑞丽，不知道瑞丽的美好；不住瑞丽，不知道瑞丽的人善；不离开瑞丽，不知道留恋叫什么感觉。周末，我随几位同事，在州铁建办蔺如程主任的带领下，前往大理—瑞丽铁路调研，车走一路，人想一路。没有对比就没有发言权，当有一天，你乘坐火车从大理出发，抵达瑞丽之时，你会感觉到瑞丽的美丽与洒脱。

而此刻，我们在荒山野坡中穿行，时而从山脚爬上山顶，时而从顶峰绕向山下。每一次旋转都意味着曲线的漫长，每一处风景似乎都被更远的风景所遮蔽。从瑞丽到大理的过程，需要穿越千山万水。山越来越高，水越来越深，道路越来越蜿蜒。和沿途的城镇相比，瑞丽更富有欧洲小城的滋味；和沿途的树木相比，瑞丽的树木似乎更有整体感，互相间更有团结意识，郁郁葱葱的程度让我惊叹。我喜欢瑞丽的一切，不仅仅感叹于瑞丽有着北京城没有的一切，也有着周围城市没有的一切。正如一位歌唱家所歌唱的一样，瑞丽的确是“一个美丽的地方”，这个地方像天堂，四季的瓜果飘香，常年的歌声荡漾，终日的江水流淌。这里有边疆的美妙，原始森林的树木清香、鸟儿鸣唱，还有缅甸胞波情谊的源远流长……在瑞丽的每一天，我被这种风景人情迷恋，我被边疆的一切所浸染。美景给人的体味总有说不出的感觉。沿山而出几天，我对瑞丽的牵挂就多了一丝焦心。不可更多言说的瑞丽，像一只柔美的手。你在，她抚摸你；你走，它牵拽你。尽管瑞丽当地的美食，有些我还不习惯，但我看到更多的外地人对瑞丽当地的美食大快朵颐，我还是感到欣慰。当有人赞美瑞丽，我高兴；当有人说瑞丽一声不好，我不悦。这样的心境是否偏狭我不知道，我只知道在瑞丽的每一天，瑞丽赠送给我的就是欢快、愉悦与充实。

车在通往高黎贡山的隧道上奔跑，我们到达隧道局承担施工的隧道前停下车。小火车拉着我们走向隧道深处。汽笛声声，又把我带回当年在工地披星戴月的日子，心底涌上一股热流。我坚持走到掌子面，一睹盾构机的风采。中国人巧学先进技术，研发了先进的盾构机。真正好的技术是集大成者，反观中国高铁的发展，推动了动车技术和工程施工技术的创新，前提是开放，过程是借鉴，结果是集成创新。一个国家需要这样的气魄，一个人更需要这样的努力。在隧道局施工现场，我看到先进的施工工艺和整洁美观的工地，我就拥有一份工程人的自豪；在十八局怒江特大桥工地，适逢有个桥墩封顶，“噼里啪啦”的鞭炮声，迎接着我们的到来。几位同事对如此阔大的大桥叹为观止，这座世界第一的铁路钢板桥，其宏伟的气势让人触目难忘。而抵达大柱山隧道，面对隧道内流出的日流量八万余方的水，我们可以想象施工的艰难。洞内施工人员每天要在三十七摄氏度的环境中施工，每天要靠冰块降温，每班工作不超过两小时。这条隧道从开工到现在，已经施工了近十年，当年刚分来的大学生，早已成为孩子的爸爸妈妈；项目经理的孩子也从一位顽童成长为一名小伙子。铁路工程人的坚守与拼搏是靠点点滴滴的行动，是靠实实在在的奉献。遂写一首诗赞之：

破岩十年惟铁汉
豆蔻年华皱纹添
山水十吨奏日歌
钻机频推摧巉魇

我欲因之化为云

日缠夜绕峰峦巅

敢问稚子可相伴

书声琅琅伴母眠

参观完三处施工项目，同事们感慨万千。蔺主任也深受鼓舞，赞叹铁军精神，也对大理—瑞丽铁路建设的艰难嗟叹不已。铁路建设者以他们的汗水与热血，浇灌了大瑞铁路的精神之花。我看同来的交通局长和铁建办主任，一个个赞许之余，也对自己的工作重新进行评判。事物在比较中获得鉴别，和铁路工程人相比，在气度、坚守和奉献、拼搏精神上，的确还有更多的精神品质值得我们学习。我为曾是一位铁路工程人而骄傲，我也为以一个铁路管理者的身份在边疆工作而自豪。不由地又作诗一首：

车轮碾碎边疆苦

铁人铺就大瑞路

桥隧溅满英雄汗

数年难穿一坦途

彩云之南风景美

汽笛何日震山丘

夜思昼想贯通日

哪管周末养身舒

常有人问我道：“大瑞铁路何时通车？我们瑞丽何时才能通火车？”我想，朋友们，快了！从你急切的心情，我想说明日就通车；从铁路工程人的浴血奋战，我想说，火车，火车总有一天会抵达最美好的地方。

我从大瑞铁路调研回来，对大瑞铁路早日建成，内心充满期待，也对这些埋头苦干的建设者感到心疼。他们在荒山野外奉献着青春、贡献着智慧、孕育着中华民族的志气与磅礴未来。瑞丽会因他们的努力而更加美好。

当美丽的地方——瑞丽通火车的那一天，我一定乘上飞快的火车，在崇山峻岭之间穿行，在彩云之南飞翔。如果你非要问我具体哪一天开通大瑞铁路，我会与你一同再会那些舍家撇子的工程人，他们脸上的汗水会回答你，他们坚毅的眼神会回答你，隧道里彻夜不断流出的山水会告诉你……

灵动自然，花香鸟鸣

户瓦鸟语

周末，邵兄约我去勐秀拍鸟，一大早和几位摄影家驱车而行。这些发烧友，自称鸟人。有一位兄弟坚持拍摄鸟八年多，被大家誉为鸟神。我乘坐他的车，我问他说："总共拍了多少鸟。"他笑眯眯地对我说："五百多只吧！"我看他在微信朋友圈晒出来的鸟，俊秀可人，十分羡慕。呼兄原来在教育局工作，退休后醉心拍摄鸟，夫人相伴，走山伴水，与鸟为友。我问他道："吃不吃鸟？"他说："小时候吃过。自从爱上拍鸟，就不吃了。"他的眼神，如他拍摄的鸟儿一样，澄澈、自然、唯美，让人钦佩。

户瓦山寨的村民们支持这帮发烧友，用黑网搭设了一个鸟塘，鸟塘不大，"长枪短炮"一摆，正好与来喝水吃食的鸟儿形成最佳角度。我走进里面看，快门声传递着摄影者内心的信息，像给这些鸟儿鼓掌。陈俊兄弟让我用他的相机拍几张。透过观察孔，能看到鸟儿自由地跳跃，喝水的动作十分可爱，吃食的样子乖巧动人。鸟儿一蹦一跳，像孩子，又像神灵。瑞丽这地方鸟多，据说七百多种，堪称鸟的天堂。摄影协会的邵兄介绍说："鸟很有灵性，这么多的人来拍，好多鸟儿闻到人气就跑了。现在拍的这些鸟儿大胆，很配合，是典型的鸟模特。"

我住市委宿舍，每天早上，鸟儿叽叽喳喳，像呼唤我似的。我向树上仰望，却看不到它们的身影。我看这些摄影者的作品，一只鸟就如一件乐器，这些歌唱家一个比一个会唱。

赤尾噪鹛小巧玲珑，跳舞时扮相很美；红胁蓝尾鸲（又名蓝眉林鸲），典雅尊贵的气质，让你想象它一定是一位贵妇人托生的；纹背捕蛛鸟倒向啃食花朵，倒像人间的盗花贼，或者说，就像唐伯虎；喜欢从树根穿梭到树顶的绒额䴓（shī）鸟，就是一位天然的旅行家，不停息的双脚就是它领略世界的装备；蓝绿鹊喜欢寂静地生存，如躲在深山里修行的僧人；而棕腹仙鹟则是吃虫的高手，它不时点头，不一会儿就抽动一下身躯，像是在叩谢着大地；高傲的栗腹矶鸫喜欢翘起尾巴，让我想起在城市里的流浪诗人，整天挺立仰望的头颅；楔尾绿鸠则是一位俊美大方的神灵儿，喜欢在人跟前蹦蹦跳跳；叫声优美的银耳相思鸟像在呼唤着爱情的春天；林雕则是威武的霸主，以侵略其他鸟为己任，但它的威风又让人想起古今中外的多少英雄……我看着呼兄发给我的鸟图，对这些千姿百态的鸟充满向往。

平生第一次拍摄鸟，在鸟塘里，我真切感受到鸟儿的力量。古往今来，这些鸟儿一代又一代，活在竹林里，生在树荫里。风是它们的朋友，树是它们的依托，山泉水是它们的滋养品。自然养育着它们，它们送给自然纯美的舞蹈、清脆的鸣叫。

呼兄建议我录制一下鸟鸣声，我一个人跑到山冈上，静静地坐下来，打开手机。树叶一片一片落下来，打着旋儿，而鸟声四起。树叶的落姿与鸟声的起叫互相映衬，我感觉整个人飘起来了。

鸟声此起彼伏，鸟儿好像觉察到我的心思，它们在森林里纵情欢叫。我听到苍老的声音呼喊着，如一位历史老人在叙述着自己的沧桑；又听到一只鸟儿鸣叫着，像在寻找一位失散许久的恋人。我静静地享受在日光里。

在北京，我听过最顶尖的演奏，看过最顶尖的演出。今天，我像僧人一样静默。风过了，叶落了，我就静默地哭了，我没想到这里这么多鸟，多得让我一时难以想象。

鸟儿，我爱你们，无论你们来与不来。

我真不想说什么，我一个城里来的人，你们的啼叫已经让我心醉，我还有什么理由苛责于你们！

我听鸟鸣，像听祖先的声音一样。早晨的鸟声是最清脆的，你抢我夺。我从来没在任何地方听到这样的声音，如泣如诉，如歌如诗，一时簇拥如花，一时疏朗如竹。有一种鸟鸣如诗人的执着，有一种鸟鸣如怨妇的哀怨，有一种鸟鸣透露出超越万鸟的仙气。我要哭了，我真要哭了！在鸟儿中间，我感觉到自己的渺小。

拖拉机声打乱了我的思维，我厌恶现代化的声音打破鸟儿的鸣叫声。我知道我已经不属于我，也许未来的某一天，这种互相比赛的鸟音会永远消失，我怕看到，我怕到来，我怕成为现实。的确我不希望这样的事情发生，急功近利的永远在急功近利着。

我想哭泣，我担心我的录音成为绝唱，而所有的拍摄者将成为未来的伟人。

我憎恶人类的残酷，我憎恶我自己。

未来的我不知如何面对这一刻，我在鸟语中泪流满面，没有人看到，我不需要人看到。我知道，流泪的人总是流泪，而鸟声会逐渐减少。

我在家中，聆听两个小时的鸟音，感觉度过了两个世纪。

我对谁说，我如何应对鸟儿?

户瓦之鸟，你们是我的爹娘。在我的记忆里，眼泪与悲伤同在，历史与现实同庚。我希望你们自由地活着。如我一样，但我的头发突然间白了，我不知道你们的悲哀，我也不知道我的悲哀所在。

爱你们，爱你们的声音！我静静地录下你们的声音，就像录下我的灵魂……

人与树

那一天去参观养鸡场，看到柠檬蛋，一问养殖者，吓了一跳。此鸡蛋非彼鸡蛋，乃是用柠檬水拌和了玉米等饲料喂养的鸡下的蛋。鸡蛋个儿大饱满，三块五一个，供应北京、上海、广州等大城市。当地人很难吃上。我问鸡蛋产量，喂养者说："当天产蛋率可以达到百分之九十八以上。"这就意味着每个鸡都在产蛋。我顿时对柠檬鸡的喂养创新方法产生了兴趣，对这个鸡群体产生敬重之情。当然，看到每个个体的鸡站在一个狭小的位置，犹如深圳大工厂里忙碌的打工者。它们聚精会神地吃，孜孜以求地产蛋，不禁让我肃然起敬。都说人是万物之灵长，但有些人活着，无异于行尸走肉。这些柠檬鸡应该是他们的学习对象。我非刻薄者，但也自思，应该像这些柠檬鸡学习，敢吃祖先未曾吃过之食物，每日勤恳工作，在饱食物质食粮和精神食粮之后，为人类留下有益身心的东西。喂养者笑着说，此鸡喂了柠檬，鸡蛋具有酸性，男性吃了容易生儿，惹得大家一笑。

自然界的很多事物，能给人很多启发。我曾经在泰山脚下生活了若干年。那时养成一个习惯，每天观察各类树木，我对山东的树木有诸多研究。杨树的挺拔、柳树的婀娜、梧桐树的阔大、松树的庄重，都让我喜欢。我写树，写树的气质，树的风骨，树与自然的契合；我拍树，拍出树的历史，树的沧桑，树的生活故事。我更喜欢一个人仰望大树而思考，依靠古树而沉思。在孔林里孔子墓前，看那些成百上千年的古树裂开皮肤，好像向人类讲述着自己所看到的历朝历代的中国人所经历的文化传承、断裂与复合。我也曾到过人迹罕至的某一处山顶，静静地望着一棵硕大的古树。我看着它静默成一位僧人，无欲无求，山风相伴，白云为伍，泪就流下来了。我喜欢这些树，它们是我活着的意义、行走的标杆。

有一年，弟弟来电话说，家中的一棵老榆树老了，想砍掉卖了，我大为光火。那棵榆树是我童年移栽到我家院子的东南角的。在我的故乡，一到春天，榆树花儿满天飞，落在贫瘠的土地上，也能成活一大批，但很少有能活成我家那棵榆树那么长的。后来父亲在前院盖了房子，依着锅台，那树日日生长，竟长成了参天大树。与挺拔的白杨不同，这个榆树伸展着众多枝丫，它们像无数伸展的手臂，向世界探寻着什么，犹如我好奇的心伸向众多领域。弟弟认为，这棵树老了。我说，对一棵树而言，人真是太自大了。一棵树可以活几百年，甚至上千年，而在人间，上百年的老人却很稀罕。我对我家的这棵榆树，自然应该负有保护之责。弟弟很听话，榆树得以继续活着。去年旧事重提，弟弟还有一些不好意思。每每看到倒下的树木，我的心头就一紧，我就感觉又一个历史老人倒下了。很多树木，不仅是自然的记录者，更是历史的见证者。泰山上的那棵迎客松倒下了，一座山就失去了趣味。我神伤数日，为一座城、一座山失去一个伟大的标志而神伤。

到边疆瑞丽工作，看到古老村寨里的古树被砍伐，我总是冒着被人疏远的可能，苦心批评一些村民，遇到不以为然者心中愤恨。在某一路段上，不知因为什么原因，树墩绵延数里路，我好像看到很多与这个城市风雨同舟数十年乃至上百年的老人匆然之间成为人类的刀下之鬼。那些树墩，就像控诉人类屠刀的诉状。我在北京，对一棵古树能保留在路中央，深感快慰，而在一年四季如春的瑞丽，看到这些树木被伐十分痛心。

城市需要建设，建设难免动土，在动土之时，决策者要念想这些自然老人，念想它们给城市做过的贡献。有市民告诉我，过去，每到夏天，经过那些树木被砍伐的路段，绿荫如盖，十分惬意。我真想把那些屠树者拉过来，打上几巴掌。我认为，对这些屠夫应该追责。因为很多树，值得我们仰望、尊重和保护，况且它们在我们爷爷的爷爷的时代就存活着。在瑞丽，曾有一棵大榕树，据说日本侵略者曾经在上面建过岗楼，我在其上留影，抚摸着它伤痕累累的身躯，看着那些弹孔，我为这位树老人祈福，也为它的生机无限而欢呼。

在树跟前，我们人类还是要存一些善意、良知和敬重吧！这样才能保护一座城市，庇荫我们的子孙！

独树成林

人长期生活在习惯的环境中，就如井底之蛙一样肤浅。不会相信天下会有黑天鹅，也不会相信木瓜花是红色的，更不会相信木瓜树会长满了刺。在北方，老人们常常告诫孩子们，独木不能成林，本意是不错的，意味一个人要以团结为第一，多一个朋友多一条路，朋友多了路好走。信息封闭的时代，这样的经验传递百年而不衰。互联网时代，信息传递打破了人的认知，科技革命冲击着人们的经验感觉。历史不再像历史，现实也在被现实冲垮，未来在不断被未来构建着。在这样的一个时刻，我来到瑞丽，迥然有别于北方的山水，改变着我的传统认知。

譬如，独木难成林就被瑞丽的“独树成林”所打破。

那是一棵瑞丽常见的榕树，是一棵植根于大地的榕树。它的主干矗立在那里，平静而优雅，如陈年的化石，诉说着不尽的沧桑。树的主干伸向四方，搭成层层叠叠的华盖。而在树的枝条延伸处，垂下许多条气根，气根一个猛子扎入大地，如去土地里寻宝的穿山甲。这些气根由小变大，由细变粗，由弱变强，由一个变成多个，由一束变成一排，由一个战士变成一支队伍。它们簇拥着主干，成了大榕树的兄弟或者儿女，依偎着大树，唱着一个家族的歌谣。我在榕树下站立，几次被这种精神冲撞着，内心响起哭喊的声音。我听到黄河的咆哮，我看到远古的刀耕火种，我甚至感觉到一个民族从时空中破壁而出。它们构成一棵树的宣言，它们让一棵树完成了自己最完美的精神修炼。在众多树之中，它们沉默了多年，经受着风风雨雨，对脚下的这片土地不离不弃，爱得深沉。我在树下，沿着一根根气根抚摸过去，它们没有怨言，根根挺立如柱，个个精神抖擞。我数了一根又一根，每一根形似而神不似，每一根都在簇拥着大树，护卫着大树，犹如孩子护卫着母亲。我移步到大榕树的主干跟前，仰望粗壮旺盛的主干，对它充满了敬仰。这棵大榕树在这块土地上已经生活了成百上千年，它看惯了芸芸众生的生与死，它领略到与大地相依相存的真谛，它靠自己延伸出的灵魂之手抓住大地的温情，在仰望中俯瞰，在沉思中寄情于深远。这棵榕树始终相信自己，用自己的无数只手，以与大地的爱情之魂，走过涅槃之路，树立了一座精神丰碑。

沙漠上的胡杨号称能活一千年，纵使死后一千年不倒，倒后还能一千年不腐。而瑞丽的榕树独木成林不过是其外在形式，而构成其长盛不衰的魅力在于，它有孜孜以求的内生动力。它让自己日渐强大，手与手相连，脉与脉相继，砍掉一只手，还有万千条气根深入大地；无数只手，顽强、坚韧、挺拔、静默成一位位精神护卫者。这样的树，会永远活着！我在大榕树下颤动着，我听到一个巨大生命的呐喊，这是与大地互为同盟者的呐喊，也是一位自爱、自强、自信者的呐喊。它永远不会死去——一股股电流般的感觉涌动到我的全身。

这是瑞丽一棵具有纪念意义的大榕树。而在瑞丽的每一个村寨，几乎都有大大小小的这样的榕树。它们把根扎下大地，与大地的心脏对接；它们是大地的儿女，顽强地在大地上支撑起属于自己的一方天地，也支撑起属于人类的绿荫。正是因为这样的执着，我相信它们的生命永远不会衰竭。倘若不是人类刻意地破坏它们，这些榕树将会越过一代又一代的人类，永远地存活下去。在理论上，它们拥有无数只与大地相连的手臂，就像希腊神话中的巨人安泰俄斯一样，碰触大地，就会获得永恒的力气，它们拥有不衰的力量。

独树成林，在瑞丽是一个现实，也是一个神话。

弄莫湖的鸟

弄莫湖是什么湖？瑞丽的神湖，它从古代一直流淌到现在。没到瑞丽之前，就有曾在瑞丽当过兵的兄弟告诉我，一定要好好围着弄莫湖走两圈。来瑞丽挂职不久，我与夫人和她的两位学生，沿湖走了两圈，正是夜晚，路面干净，湖水平静，灯光柔和。我们陶醉在夜色的朦胧里，尽情享受这一湖的景色。

弄莫湖的传说很多，但传说的美好不等于现实的残酷。据当地土著老人言，瑞丽弄莫湖当年的湿地很大，有一种树，游荡在湖面，早晨在此岸，夜晚在彼岸。弄莫湖的树都像游鱼一样自由。那晚，湖心岛上传来鸟鸣，游人介绍说："这是弄莫湖的神鸟，这是瑞丽最后的灵魂了。"我听了，心底一颤，毕竟有很多人，还在怀想昔日的瑞丽，老人们只在怀想里纪念过去了。

弄莫湖，的确是一个神圣的湖。我白天没有时间，只有夜晚闲暇时才能围着湖面转一圈，或者两圈。那一天，与同事余加昌一边转着，一边欣赏着湖面。我们对这座城市未来的发展充满了忧虑，假如跟跑的瑞丽走在与其他城市同质化的路上，会渐渐消失掉自己的特色，瑞丽的自然资源必将大幅度地减少。我们说话时，湖心岛的鸟儿低鸣着，似乎提醒我们不要这样。在温柔的灯光里，我让加昌为我拍照。这是六月的夜空，我来瑞丽半年了。几乎没有和这些鸟儿对过话，今夜，听到它们的轻叫浅唱，我有一种想哭的感觉。这个城市最古老的灵魂在呼喊，看着它们，我想到瑞丽消失的古树、珍稀动物、古老的房屋，古老的乐器，还有渐渐远去的民族文化。我为这些不该消失的消失而悲痛。

正是基于这样的心理，我把弄莫湖湖心岛的鸟儿，看作从古代流传到今天的后生。它们的祖先，看过瑞丽的大榕树、瑞丽的大金塔，以及来自异域的传教士；它们的祖先看过大象，看过大片大片的原始森林和森林里的老虎；它们也看过一代又一代的同类，在人类所谓前进的步伐中失去飞翔的翅膀，饮恨而死。我站在远处，虽看不清鸟儿的种类，但我能清晰地感受到这流传久远的鸟儿灵魂的自由。当地人的爷爷的爷爷，和这些鸟儿的爷爷的爷爷，一同对过话，一同喝过一个江里的水，一同吸过瑞丽清新的空气。那时的他们与它们，和谐相处，同顶一片蓝天，享受着一样的自由。而今，鸟爷爷的孙子的孙子，开始由大山转向森林，开始由城市中心走向城市边缘，开始由拥有整个弄莫湖转向拥有最后的湖心岛。它们以有限的自由，获得无限的欢歌。我在岸边。看着这些弄莫湖的鸟，它们的存在，就是对人类莫大的讽刺啊！人类应该为自己留最后一面镜子，就以鸟，以弄莫湖的鸟为镜！

倘若有一天，弄莫湖的鸟儿消亡了，弄莫湖的寂静靠谁来表达？弄莫湖鱼儿的自由，谁去终日陪它们欣赏？弄莫湖的游人到哪里去感受自由的天堂？人爷爷的爷爷的灵魂靠谁来提醒、传承？

我在湖边，久久为这些鸟儿祈祷。弄莫湖的鸟儿自由自在地飞翔，扑闪着它们的翅膀，如一位位早晨顶着阳光去上学的孩子。而未来的它们，是否会从湖面上永远消失，我不知道，我怕知道。因为我感觉到人类的魔爪，已经无所畏惧，无所畏惧到不去继承爷爷的爷爷的衣钵，而鸟儿的爷爷的爷爷，在他们眼里根本算不上什么，人类已经忘记：或许正是当年鸟儿之间的互相追逐，唤醒了它们爷爷的爷爷与爷爷的奶奶的那一刻爱情，繁衍了它们，而这一切都成了神话，成为弄莫湖上空的一个谜底。我在弄莫湖岸边，对着这一座岛，流下伤心的眼泪，我不去擦，任凭泪珠化成无声的语言，求得鸟儿的谅解。

孔雀开屏

河南信阳董寨的朋友，经常发来他所拍摄的长尾雉，很美。长尾巴的为雄性，挺起来三两枝，威武雄壮；雌性尾巴则蓬松成椭圆形的一蓬草。春天交配时，雄长尾雉驾轻就熟，与雌鸟交配在返青的田野上，弹奏着大自然的生命之歌。我问朋友，那鸟长那么长的尾巴干什么？朋友答，为了吸引雌鸟，雄雉的尾巴越长越美，越受雌鸟欢迎。自然界就是奇妙，鸟儿以尾巴为旗，宣告自己的壮美；以美色诱惑伴侣，完成繁衍的责任。这是生存法则，还是爱的技巧？

瑞丽莫里瀑布的水好山美，我去过数次。孔雀开屏时五颜六色，碰巧看过几次。一位摄影师俯摄、仰拍、斜照，恨不得把孔雀的魂魄都收到他的相机里去。我看着被人围观的孔雀，羽毛中的椭圆形黑点散开着，那分明是对人类的不信任。远处草地上的母孔雀，耷拉着短促的羽毛，如被动无奈的守门员。雄孔雀展翅的那一瞬，我忽然看见人类的历史，倏忽间就藏在孔雀开屏的一瞬间。

我在瑞丽的一位艺术家的房间内，看到了他为墙壁塑造的立体雄孔雀的形象。他几乎把雄孔雀塑造为一个武士。你能清醒感受到雄孔雀羽毛下膨胀的身体，孔雀的眼睛如英雄般闪亮。我突然感觉到凛然中的一股寒气。在中国雄性崇拜的历史里，孔雀之美中藏着一种生物进化的力量。中国的历史又走过了怎样的血性中自我修复的文化历程？

雄孔雀以自身之美吸引着异性，从而获取交配权，一旦完成交配，雌孔雀就会孕育后代。我看到一只雄孔雀飞翔过河，也看到一只雄孔雀飞翔到很高很高的大树上。而雌孔雀只能散漫地在大地上行走，拖着它们散乱的羽毛。它们承载过雄孔雀的欢愉，负担着孕育子女的责任，在履行母亲的义务中，却感受不到人类青睐的目光。而如果我们回顾一下我们人类自己的历史，又有多少母亲留下她们的光芒？

在瑞丽，孔雀观赏点不少，但和过去相比，孔雀的数量少了许多。自然的造化让鸟儿有了各自的分工和造型，就如我们人类一样。几千年来，中国人文变革之一当属于男女平等了，而真正意义上的平等，跨过的不仅是生理意义上的鸿沟，而应是观念意义上的沟沟坎坎。

面对被当地人奉为吉祥鸟的孔雀，我感觉到一种概念的缺失。人们的所谓吉祥，目标只是雄孔雀，那些在雄孔雀周围的雌孔雀，没有多少游客投以关注的目光。繁衍人类的母亲常被人类自己遗忘，在一些地方，至今还存在着“女人不上桌”的恶习。

我不可能赐予雌孔雀一身美丽的羽毛，或许雌孔雀本来就对这种被忽视习以为常，因为它们缺少人类式的思维和社会活动。而在我们人类之中，这种男女的藩篱却没有人追问一句它的合理性，让我感到十分奇怪。

面对孔雀开屏，我想到自然法则，更想到人类的自我反思、自我警醒、自我完善与自我调整。也许，醒悟过来的人类，会瞩目那些行走在草地上的丑陋的“母亲们”。在这个世界上，很多貌似丑陋的东西恰恰在承担着神圣的责任。这些丑陋者无缘于赞美，它们把屈辱藏在内心深处，一生潦倒，但它们胸中藏着一团生命之火，正是因为它们的顽强、执着，人类得以延续，动物得以存活，自然得以平衡。

面对孔雀开屏，我看到了完美背后的不完美……我不知我该说什么。

芒令老芒果树

在瑞丽，我去过不少古老村寨，但芒令记忆最深。

喜欢这里的村民，喜欢这里的风景。

爱一棵树，爱一棵老芒果树。

我一直固执地认为，不热爱历史的设计者，不是优秀的设计者；没有人文情怀的建设者，充其量只是一位堆砌建筑的人。

一生从事过很多次施工，在大型项目施工中，我总会特别注重保护文物。在京沪高铁建设时，在我所参与建设的那段线路中，文物得到了有效的保护。

到瑞丽分管交通工作以来，我曾责令道路设计者与施工者不要毁坏古树，我曾强烈谴责在我来之前毁坏古树的那些人。无论出于什么原因，这些古树，都应该得到前所未有的照顾。因为古树是爷爷的爷爷看着长大的，我们没有任何理由，让它们在孙子的孙子手里丢失。

边疆，可赞美的首先是自然景物的优美、古老文化的丰富。一棵古树，依托历史风雨的滋润，传递着文化符号。有时一棵古树就代表一个村庄，一棵古树就是历史故事的见证者，一棵古树包藏的是万千精神的载体。

在芒令村，面对一棵古树，一棵老芒果树，我流泪了。以一个建设者的名义，我忏悔。因为货场线路无法再优化，躲避不开这棵树，这棵古芒果树，只有移到别处。凭经验我知道，这几乎是相当于宣布一棵古树的死亡。

这不是轻松的一棵树。它藏着一个村庄世世代代的记忆，多少村寨人走了又回来，村头的这棵树怀着庄重，迎接游子的归来。当市面上开始流行缅甸圣德隆芒果的清香之时，我仰脸看这棵老芒果树。那一颗颗青涩的芒果挂在树枝上，它们密密麻麻排布在一起，好像写就了满树的抗议书：不要搬走我，不要搬走我！青芒果探出愤怒的脑袋，看着我这个分管建设、呼吁发展的城市管理者。我抚摸着这棵树，树皮搓揉着我的手，我真诚地向老芒果树忏悔。以往，这棵老芒果树，以挺立的姿势呼唤对岸的缅民；而今，它就要被移走了，一个村庄的心也要被它远远地牵走了。面对古树，就像面对一位即将离开这个世界的老人，泪水打湿脸颊，我无法掩饰自己的泪水。老芒果树挺立在村头，树近处是平地，中午时分我还在这里看到了游动的蛇；远处是缅甸的山峦。或许，这棵老芒果树，本身就是自然种子的产物，也可能是这个村寨的老人的老人，在某一年的某一刻，为着贪食芒果的孩子而种植的一棵树。而今，它硕果累累，无可厚非地挺立在村头，看着田野和远处的山峦，呵护着村寨的一切。

这不是肤浅的一棵树。它曾经历了怎样的风雨，也曾看过侵略者的铁蹄。当年一定会有不少野兽曾攀爬上这棵老芒果树，又有多少飞鸟在树上齐声歌唱。我在树下向远处张望，有放牧的老人，头戴斗笠，轻摇牛鞭，享受着一份悠闲。老芒果树，象征着村庄的古老，也会给农人留下栖息的绿荫。瑞丽虽热，但只要到大树底下，暑热就散尽。我感受到老芒果树的清凉。地上落满了好多或青涩或干瘪的芒果，是风所致，还是雨儿所为？好像没有多少意义了。芒果树一年一年地绿，一颗一颗地结果，不和人家比个大，不和人家比清香，它就要这样，平和而又顽强地坚守着，多少年矗立在村头，成为村庄的装点，也成为村民们出游归家的念想。我围着这棵树，转了一圈又一圈。我以村民的心境，怀想这棵古芒果树的过去、现在和未来。多少人吃过它的果实，感受过它的滋味，多少人赞美过它硕果累累的过去，又有多少人把它引以为豪，看成是家乡的荣耀？

这是一棵芒果树，一棵拥有四百多年成长史的芒果树。多少个朝代，官员可能在它面前下马，商人在它的绿荫下歇息，傣家老人会讲一代一代流传久远的历史故事，而年轻的“小卜哨”（当地称傣家姑娘为“小卜哨”）又会在它的祝福中，获得一位青年人的甜美爱情。老芒果树，看着滔滔不绝的江水从一个国家流入另一个国家。老芒果树依然四季青叶招展，它没有一点衰老的迹象，处处呈现斗志昂扬的味道。我走过一圈，就受到它更多的鼓舞。

尽管它的果实平淡无奇，但它在四百多年的历程中久经风霜。更多人的爷爷的爷爷膜拜过它，刻画过它，享用过它。喜欢文身的傣家人，有多少人在心头刻上这棵老芒果树的印痕？我曾问询一位芒令村的老人，他对老芒果树的记忆，他对老树的不舍，让老树成为灵性之物。傣家人爱树，是心中怀揣着对大自然的敬畏。这种精神滋生在佛学宗教传承中，滋生在一个村庄的文化礼仪里。几乎每个村庄都有大青树，但芒令的这棵老芒果树，着实让我吃了一惊。它几乎就是平平淡淡地躲在一个村寨里无忧无虑地自由成长，成长成一棵参天大树了，成长为一棵走到村寨每位傣家人心里的古树了。它成了村寨不可或缺的一部分，就像芒令的土地、芒令的桑葚、芒令人的骨骼一样。

这棵树，傣家人喜欢的这棵树，一棵平和生长了四百多年的芒果树，该藏有多少难忘的真情记忆？个人的，村庄的，集体的，部队的，外来人口的？而今，为了建设，它不得不要永远地离开这块土地了。

我在芒令，躲开众人。一个人围着这棵老芒果树，静静地仰望这一棵古树，一圈一圈地走。有两颗落果敲打着我的头脑，这是古树的怨恨吗？我无法阻止建设者对一棵古芒果树的侵害。眼泪，不仅声明我是热爱自然的一位写作者，更重要的也是在为我及和我一样肤浅的建设者的无奈行为而忏悔。

那一晚，我喝醉了。在芒令村，老人们叙述着一个村庄的古老，年轻人唱着傣家歌曲，而我一直惦记着那棵在村头的老芒果树。我默默祝愿，也仔细叮咛嘱咐，要请专家来，设置最安全的移栽方案，要让这棵树移栽成活啊！哪怕它远离了这片泥土，但只要它还能存活在这个世界上。我想，它能听懂我的倾诉，也能听懂满村人的念想。

为古树而醉，在芒令，我永远记住了那个让人忏悔的夜晚！

诗画村庄，浓郁民风

芒岗之水

在瑞丽，芒岗村是一个典型的移民村寨。村民是二十世纪六十年代从保山库区搬来的，大多还带有保山口音。如果上溯一下保山人的来历，则是从南京迁徙而来。所以，听芒岗村民讲话，会有很多南京话的尾音和风俗文化涵盖在里面。我喜欢与芒岗村民交流，是因为他们兼具南京人的文化传统，又有山寨乡民的朴实、善良。

那一天，随市里的同事到芒岗村，村寨不大，风景却很别致。芒岗村矗立在山前怀，村周围是山与坝子；西面的坝子上是百香果棚架，一枚枚油黑闪亮的百香果悬挂在那里，随风摆动。我在一家旧房子前驻足，这是典型的院落，带有汉家传统民居的四合院特点。南北厢房黑瓦黄墙，养牲畜的厩房设在西南角。院子里有一株玉兰树，还有一株榴梿，体现着东西民居文化的结合。芒岗村的先人们，早年从南京抵达保山，可以说蕴含着巨大的奉献，从富庶的江南之地抵达当时被称为蛮夷之地的云南，没有报效国家的忠心，是难以完成这样一种抵达的。即使是二十世纪六十年代，从保山到达瑞丽也需要步行十几天时间。难以想象，在明代，从南京到保山，路途迢迢，几多艰险。经过几个月的长途跋涉，有的先人死在了旅途上；有的先人克服千难万险，最终抵达保山，开辟起新的家园。芒岗村的先人们自然不会想到，几百年后，为了支援更远的边疆，他们的子孙开始了又一次迁徙。虽说如今从保山高速抵达瑞丽，不过几小时旅程。但二十世纪六十年代，从保山到瑞丽，需要通过瑞丽江，那时无桥，还要摆渡过河。我从一本知青史志看到，当时通往瑞丽的路崎岖不平，没有一条像样的公路。为了瑞丽的水库早日建成，这些人从保山移民到瑞丽，在密林山冈中，选择人迹罕至的地方扎下根来。我随着芒岗村民的脚步，从山脚一直走向山里。那些开垦的梯田，一层层，一片片。我还能清晰感受到第一代芒岗人披荆斩棘的勇敢，也能感受到在芒岗的保山人对美好生活的开垦藏着怎样的智慧，感受到他们顽强生存的力量。我来瑞丽不过两个多月，芒岗村就去过四次，这个村藏着历史故事，我喜欢芒岗的一切。

芒岗的村民是善良的，芒岗的村民也是豁达的。有一次，他们领着我从村头走到村尾，我计划着对村里的厕所进行改造，想领着北京的厕所研究专家去芒岗村调研。芒岗村不同于中国北方乡村，有一条小溪贯穿村庄，让整个村顿时充满了灵性，我喜欢有水的地方。尽管目前芒岗村中环绕的水还不成规模，但有了自然之水滔滔不绝的流淌，对一个村庄而言，就孕育着无限生机。

的确也是如此，沿着村口新铺的青砖小路，向山里走。清澈的溪水在路旁哗啦啦地流，惹得我的心都快蹦跳出来了。北方的三月还春寒料峭，而这里已然春天了。对瑞丽而言，这个时节正是一年的旱季，芒岗村的水流却能这样充足，这让我升腾起探究的欲望。沿着溪流一点点地向上走，移民局已将上山的硬化路修到山的深处。水从大山深处积聚成溪水，沿山沟流下来，围绕着村荡个旋儿，又向大山远处流去。芒岗村处在水的源头处，自然风光无限。我建议芒岗村民，要沿着已铺就的青砖路两侧，间隔种植一些花果，用竹条弯曲成美丽的拱门，相间而映的花果会构成一幅通向大山深处的唯美图画。一条溪水带动着花果飘香，一条小路引领人们来感受芒岗的自然风光。青砖路还在向前延铺着，我们转向土路，伴着小溪向上走，跨过土坝，翻过山梁。有一位村民介绍说，以前没有公路，种粮食要靠牛驮，一头牛每次只能驮两口袋粮食，从大山深处小心翼翼地缓缓而行。如今，路随山转，硬化路铺到山根，再也不用用牛驮运了。缘溪而行，可见溪水两旁长满碧绿的青草、挺拔的高树。我一会儿涉水而过，一会儿驻足赏景。路过一片竹林，竹子横亘在小溪上面，形成美丽的棚架，这里的竹子，和北方不同。北方之竹，疏朗、俊美、挺拔，是君子的象征；而这里的竹子，如匍匐着身躯、探望爱孙的老人，充满慈祥、善意。有一种草，会蜇人。同行的一位老弟被蜇，痒得不得了。越往里走，越接近原始森林。在靠近原始森林的地方，建有一个储水池。流往山下的溪水，就是从这里延伸到远方的。村民说："我们吃的水是从大山的肚子里流出来的，是大山里的圣水。"曾有卫生部门的人员到这里化验过，说这里的水达到了矿泉水的指标。我建议村民开发矿泉水，让更多城里人享受原生态的味道，享受大山之母的赠予。

芒岗之水，山腹中来，从远古流到现在，从原始之地一路漂流，流出现代化的风姿。期待美好生活的芒岗人，给这些山中之水，改道赋形，也计划着将来打造几处小瀑布，让这些水儿展现它们窈窕的风姿。下山时，遇到几位美丽的女子，村民介绍说："她们是嫁往外地去的芒岗村姑。每次回家，她们都会沿着童年走过的路，寻找水的源头，上山游玩一番。"是的，芒岗之山水，是迷人之水、圣洁之水。在瑞丽，这样的山寨因水而活，因水而生。芒岗的村民，生活在仙境里。一代又一代的芒岗人面水而生，饮水而醉。如今，这一条水龙，围绕着芒岗村，滋润着芒岗村的未来。我站在森林深处，站在水的源头，站在春天的路口，看着芒岗，想象着芒岗未来的样子。

我曾同几位作家和书法家一起到芒岗村废弃的小学校园里去考察。这几位文化人策划着在那里修建一座书院。未来的芒岗村，就会得到更多文化的润泽。未来的芒岗村，会在文化之水和自然之水的滋润下，承先民之气，养后代之美。在多向度的烘托中，这里将变成花果飘香之所、人文荟萃之地。

芒岗之水，令我难忘；芒岗之水，令人向往！芒岗之水，更让我对这样一个移民村庄的未来，充满无限遐想。

等嘎古树茶

勐海的古树茶好喝，我去过当地村寨，满山的古茶树叙说着勐海茶的历史。在冰岛，古树茶也散布在一座座山峦中。观赏古茶树，欣赏茶农制茶的过程，就是一种极大的享受。我虽不善品茗，但对好茶的存在，还是十分喜欢探索其来龙去脉的。勐海古树茶之多，冰岛古树茶之险，皆给我留下深刻印象。当初，我曾为要到瑞丽工作而不能观赏到古树茶，感到小小的遗憾。某一天，当有人告诉我瑞丽也有古树茶时，我的心底一惊。因我此前问过数人，知道瑞丽所产茶多为农场在二十世纪五六十年代种植的台地茶，口感虽不错，但毕竟不如古树茶浓烈。

驱车数十里，抵达弄岛镇等嘎村的时候，第一眼看到古树茶，我的心都亮了。瑞丽原来也有堂堂正正的古树茶啊！就生长在海拔一千多米的山冈上。和勐海、冰岛的茶相比，这里的茶不成气势汹汹的规模，它们一棵棵掩映在众树之中，和其他树亲如兄弟。它们卓然而立，高高挺立如北方的白杨树。在树之顶端，那些深绿的叶子拼命接近远处的阳光。我们一行几人，在树林里穿梭，一会儿发现一棵，一会儿又发现一棵。据说，这里曾是德昂人居住的地方，以前曾经有几千亩茶树园。而后，一些人为了造地，不惜砍伐古茶树。我看到残存的古树茶墩上又重新长出新叶。这些古茶树劫后余生，小心翼翼地攀附在大地上，好像在控诉着人类的残酷。我对一棵蓬松成一团，曾被砍了又长，长了又砍的古茶树瞩目良久。我不善喝茶，但我爱古茶树的历史味道。在古茶树前，我尽管没有爱茶者的心痛，但我依然诅咒砍茶人的愚昧与粗暴。我建议茶人要学一学勐海，为这棵古老的茶树打个栅栏，阻止别人的任意砍伐。我看到在一棵高而挺拔的茶树前，有采茶人为了能采到古茶树叶，不惜折断粗壮、坚硬的树枝。我看到茶树新崭崭的伤口，好像自己的心也在流血。同行的人一同惋惜着古茶树的命运，我在瑞丽看到古茶树的欣喜，也蒙上一层深深的忧伤。就如拥有幸福的人不珍惜幸福一样，每个人都相信自己是幸福的独裁者，当失去幸福的可能性最终抵达的时候，他以短暂的目光指挥自己去做武断至极的事情。而这样的故事从古至今都在不断地演绎。勐海很多古茶树的死亡缘于过度采摘，而刚被一些人发现并逐渐引起重视的瑞丽古树茶，却被更多人当作普通的树木。我不知道该怎样陈述我的心情！

随茶人回来的路上，他邀请我去品尝一下古树茶的滋味。在茶厂，我看到一位爱茶者的捉襟见肘。因为资金问题，制茶设施还不够完善，全靠日晒成茶。当日天阴，茶人有些焦灼，正如一位娶了美女的穷人，却不能给美女提供好的生活。茶人请我上楼，取出他制作的野生茶泡开。第一泡，茶汤泛着绿色，茶人解释说是花青素；第二泡，茶汤已无青色，像北方春天的田野，遥看黄色近却无，晶莹、透亮，喜色呈现；第三泡，红意连连，不忍品茗，我让茶人准备了两个透明的杯子，茶汤越来越深，让你品饮之心大增；第四泡，我则让茶人直接把茶汤放在茶壶里，把一泡、二泡、三泡、四泡，簇拥成一个有序排列的美景，犹如一个人的成长，从青涩，到稚嫩，再到成熟，抵达老练，汤越来越厚，颜色越来越深。拍照后，我一一喝下，口口回甘，杯杯迷人。我猜想，再泡就无颜色了吧。第五泡，感觉就如一位承接科研任务的知性女子，成熟中闪着亮色；第六泡更美，整杯圆润如玉，恰如一个人到了事业的勃发期，剔透中藏着低调；第七泡，轻盈缀满玻璃杯，从上往下看，茶汤似要穿越杯壁，从侧面看，整杯充满不屑一顾的勇气；第八泡，我不忍心让茶的傲气这么被人发现，换上一个瓷杯，茶汤像是抗议，满满地要滚落出来，好像透着委屈；等第九泡要端上来时，我让茶人再把茶壶端上来，仍能看出茶色不减。这一刻，我懂得了野生茶的厉害。因为急着要赶回市内，我无法继续看第九泡之后茶的形状，但能泡九杯的瑞丽野生茶，算让我亲眼看见了自由生长的古茶树的天然魅力。

在回来的路上，满口余香，这是一次怎样的体验？在瑞丽，在等嘎茶厂，一个不出名的地方，我喝到了从未喝过的好茶，温馨了我整整一个下午。

喊沙的喊沙

喊沙是一位傣家美女，她的眼睛大而圆，像探照灯，能把人一下子照亮。在喊沙从小成长的村寨，我问她的一位小学同学，喊沙小时调皮不调皮？她同学说："喊沙好学，一家人本分能干，喊沙兄妹三人考上了大学。"我问喊沙道："你做小卜哨时，有多少小伙子追你？"喊沙大笑说："肯定很多。"话语中带有自信，也有自嘲。弄木峡村在一个坝口，村头有一栋古旧的木房子，陈旧中透着古朴，这是喊沙少时住过的老宅。这栋老房子，现在只有喊沙的父亲一个人住着。孩子们像树上的小鸟，长大后，会飞了，就飞远了。当孩子们再回到村寨，建议老父亲将旧房推倒重建，喊沙父亲不依，使这所旧居成了硕果仅存的几家中的一家，我敬佩这样一位老人。

在喊沙父亲的旧房子里，我感受着傣家传统民居的魅力。第二天就是"五一"国际劳动节，天明显热了，而在旧房子的底层，格外凉爽，会让你体会到傣家祖先建房技术所闪现的利用自然风的智慧。脱鞋爬到二楼，喊沙介绍着她少时梳洗打扮的阳台，推窗远望，鱼塘碧水荡漾，阡陌玉米摇摆。二楼分里外间，外间铺设的是榻榻米，用来招待客人；里间则是老人居住。盘腿而坐，人就瞬间静了，屋外鸟儿衔风而鸣，独留一屋子的寂寞时光。我和王光远老师及我的学生吴兴民，享受着这份静谧，如享受那一抹阳光。喊沙的父亲，赤裸着上身走来走去，两只臂膀上，交错着文身。也许是岁月久了，文身闪亮发黑。我问喊沙，女子也文身吗？喊沙伸出左手臂示人，说道："文！看——我是孔雀帮主！"她边说边笑，像拥进窗门的花儿般娇艳。

我翻看着喊沙提供的影集，寻找喊沙一路成长的影子，依稀能从裸着上身的喊沙父亲身上，看到她父亲年轻时的挺拔与豪气。老人穿着类似汉人穿的"免腰裤"，说着曾经的苦涩而又甜蜜的生活，回忆着一块铁皮屋面板只有二十元的过去。为他养育了四个儿女的夫人，已去佛国。当下老人每日感受着子女们的反哺之恩，发黄的芒果洋溢着子女拥戴老父的温暖之光。喊沙的妹妹，知性而恬淡，她是中学政治老师，唱歌虽没有喊沙那般放得开，带有知识分子的拘谨与内敛，但遇到客人开喉就唱的热情，也足以透出傣家人的好客。喊沙的哥哥，勤快而精心。妹妹拿过她哥哥缠绕的一把刀给我看，竹丝缠绕的刀柄细密有致。妹妹又拿出另一把长刀，刀柄上缠绕的竹丝更加细密，简直就是艺术品。一大溜儿板凳上编织的花纹，据妹妹介绍，也是哥哥所为。我看着我手中摇着的编扇，猜测大概也是她哥哥所做。她哥哥虎背熊腰，此刻，也像他爸爸一样裸着上身，与几位穿戴整齐的客人，围着一张方桌喝酒。喊沙那一米八几的丈夫，静静坐在旁边，看上去有些鹤立鸡群，像吃酒，又像裁判，不知言语着什么。

说起吃酒，喊沙可是遗传。喊沙领我们去她叔叔的酒坊里参观，只见红米酿出的美酒，像杨梅汁，像葡萄水。我看着那酒一点点地渗出，淌到盆子里，像米儿讨好人类的语言。喊沙的妹妹急忙打给我们吃，糯口而清香。妹妹揭秘说，当初她们兄妹几个上学，全靠父母的酿酒手艺大放光彩。那时的喊沙，光会喝酒和指挥，不会干活，只有哥哥、妹妹、弟弟去干。喊沙大笑，也不辩解。我则调侃喊沙道："怪不得又当旅游局长，又当弄岛镇长，原来你从小就有做领导的基因啊！"

第一次认识喊沙，是在弄岛五十万头牛屠宰场项目开工现场，感觉那时她的眼睛瞬间把全场照亮了。后来听同事说："喊沙是位幸福的母亲，有双胞胎女儿正在读大学。"傣族人取名字很有意思，"喊沙"之意绝非我们汉语意思所能理解。我当时还以为"喊沙"这名字，一定取自鸣沙山。在沙漠之上，在纯净的天与地明显分野的地方，围手而呼喊，只见万千沙子，金子般自上而下滚落着，是豪情满怀，是生命涌动。而傣族的“喊沙”，则是另外一种意思解释。

喊沙，此刻是瑞丽边疆小镇弄岛镇镇长的名字。这个有着酒缘，唱着酒歌，晃着大眼睛的傣家女子，一路欢歌一路情，一路成长一路风，把自己的印迹融入瑞丽脚下这块土地。央视《乡土》栏目的制片人郭老师，显然对这位能干的傣族女干部很感兴趣。我向郭老师介绍道：“和其他地方相比，瑞丽的女干部成长迅速，与政府重视少数民族干部的成长很有关系。”喊沙向郭老师介绍着弄岛这几年奋斗的足迹，介绍着村民与政府联动打造柚子合作社的前前后后，也介绍着逐渐振兴起来的村寨。旁边有村干部介绍说，他们这个村寨民风好，村人自古就爱练武。喊沙的一位胖叔叔是武者，另一位瘦叔叔也是武者。午饭时，我收敛了酒量，怕说错话。武者不可得罪，还是谨慎为妙，否则被打成乌眼鸡，那该如何是好？

我更喜欢以汉语意思来解释“喊沙”二字。因为喊沙的性格也颇含汉字之意。一个“喊”字，活灵灵展现出喊沙的性格。喊沙之性情，自由而旷达，善笑而无碍，富有亲和力，她说话爽朗，具备领导声大而急的性格特点，喊字贴切而有神韵，足以展现喊沙的脾性；一个“沙”字，却又把她贴近乡土，始终钟爱傣家之风的心情，说了个透彻。“喊沙”之汉字意思，更合了这女子的品性。这位风火镇长，被选到外交部挂职一年，离开瑞丽时，几多留恋，几多好奇。吃了多年的撒苤不见了，享用多年的酸菜疏远了，香美可口牛干巴成了尤物，北京城里的烤鸭，喊沙镇长看得上、吃得惯吗？这次喊沙回瑞丽，亲朋好友多来相聚，又有多少味觉上的委屈需要好好倾诉，还含有多少思乡情怀需要一一道来？

那一天，喊沙领我们几人到与她名字相同的村寨，在泼水广场，仰望四面佛。王老师问她道：“是先有喊沙村，还是先有你这位喊沙女。”喊沙笑着回答说：“肯定是先有喊沙村啊。”我回来想想，其实未必如此。按傣族人起名字的习惯，叫喊沙的女子，不止喊沙镇长一人；当代傣家有叫喊沙的女子，古代傣家也有叫喊沙的女子。一个叫喊沙的村庄，能塑造很多带有喊沙灵魂的傣族人。所以，先有人名叫喊沙，还是先有村名叫喊沙，实在难以考据。

喊沙村，是我十分喜欢的一个村，因为这个村保留了众多的传统民居。奘房里的僧人，自由穿梭在落叶之上，也给人敦实可靠的感觉。村里的大青树，和每一个傣族村寨一样，挺拔中藏着古朴。我在喊沙村，第一次看到傣族画家的画，第一次吃到傣家女子榨的甘蔗汁，第一次欣赏到斗鸡的场面，第一次享受到善良的傣家人在路边设置的供行人畅饮的甘泉水，第一次看到石斛花，第一次听到孔雀叫，第一次看到缅甸对岸的村庄，第一次听到一位叫喊沙的女人陈述她对喊沙村的爱，第一次看到傣族老人精湛的竹编手艺，第一次与两个傣家小孩子品尝熟透的桑葚，第一次在略显陈旧的竹楼前留影，第一次品尝羊奶果的酸甜味道，第一次在日光下想象着月光下凤尾竹的样子，第一次联想喊沙村与喊沙镇长的关系。许多的第一次，是这个叫喊沙的村子慷慨给我的恩赐。

喊沙的喊沙，是一个村庄的喊沙故事，也是一个行走者的喊沙欲望；是人与村庄历史的契合，也是自然赐予人类的美丽关照。喊沙村代表着众多傣族村寨，显现着丰富而持久的傣族文化；喊沙镇长也是傣家人的一个代表，镌刻着时代新人成长的底色。在精神与物质的互换中，在历史与现实的延展中，在人性与传统的呼应里，我在回味着，喊沙的喊沙，所给予我的多重审美享受。这不是简单的重合，这是历史的交错；这不是简单的相融，这是灵魂的洗礼。在这里，喊沙的喊沙，所要告诉我们的或许更多、更多……

佛瑞丽

我在中国人民大学哲学院读博士时，认识了不少高僧与道人。学院每年都要办一期宗教班，参加学习的是来自全国各门各派的宗教人士。江西新余的住持成为我的好友。有一年，我去新余，住持还以俗家菜肴招待我，可见他将佛与人生结合的密贴。与佛家的交往，可以让你开启另一扇智慧之门。我等俗众，听一听这些修行者的参悟，学一学他们的悟道之法，也会使自己对工作增添虔诚之心。

古往今来，修佛者不仅在寺院，纵使整天在寺院里的人，也未必能很好地参禅悟道。佛经教义博大精深，求其正途者少，得其玄机者寡。所以，僧人开悟的故事就成了佛学界的佳话。因这次机缘，倒也为我认识世界提供了更丰富的借鉴平台。

来瑞丽后，感觉佛学氛围浓厚，既能看到阔大宏伟的金塔，也能看到村寨所建的奘房。傣族人信仰佛教，一般孩童时期就入寺庙持修。和北方寺院的悲壮入寺不同，这里的孩子们，几乎是欢天喜地进入寺庙的。“小和尚谈恋爱”是云南十八怪之一，傣家孩子修行几年还俗后，照样可以娶妻生子。我问傣家朋友，他说如今修行的孩子少了，总觉是傣家佛文化传承的遗憾，但傣族人的奘房却传递着浓厚的佛家气息。每年，在泼水节的前一天，傣家人用粽叶蘸水，为佛像洗去尘土。他们静穆之姿、虔诚之状，已然将佛存心中。

与傣家人交往，他们的平静、肃然与善良，能让你感觉到佛性的力量。在边疆，各民族宗教信仰不一，但彼此互相信任、和谐共处的气氛会感染外地人。金塔或奘房四周，有高大的青树，或曰菩提树，各族人民信奉这些树为神树。我分管大瑞铁路建设，就有一个村为了避开大青树，而改变了工程设计。傣族人对大青树的敬畏，传递着对佛的虔诚，传递着对自然的敬重。在瑞丽，几乎每个村庄都有上几百年的大树矗立在村头，人们世世代代护卫着它们，不让它们受到损害。偶有大树毁坏，也不用神树烧火。自然崇拜显示了傣家人的佛性通达古今。

说佛瑞丽，是感觉整个瑞丽就是佛境。山水自然和人文适性，无不在佛光之中闪现。那一日去莫里瀑布，阳光从树叶间洒下来，犹如佛光；瀑布的冷和佛尊的笑定格在树荫里。你会为这样一处静谧的所在而欢呼。周围的树几乎都像《西游记》里的模样，则更给人一种神秘感。村寨里的奘房肃穆、庄严而又平静，像傣族人平静而肃穆的脸庞。一个拥有信仰的民族，一个懂得敬畏的民族，才是让人感到可亲可爱、可以信赖的民族。

每到一个村庄，我都会在大树前不厌其烦地拍照，我猜测着那棵大树的年龄，也猜测着一个村庄变化的历史。在佛性中浸润的傣家人啊，如何在对佛的参悟中感受生活的美好，又如何在细致的生活中虔诚坚守着对佛的信仰？傣族人的平和显现在女子脸上是妩媚，显现在男子脸上是宽厚。我见过一位编织竹具的傣族大妈，人过九十了，还能编织竹具。她脸上的皱纹，一丝不苟地平展开去，可以想象她是怎样修炼了一生。边疆的傣家人以佛为善，以佛启智，在自然之佛和心性之佛的启迪中，修炼自己。生活即修禅，信佛即爱自然。傣家人是天人合一的忠实践行者。在不少村寨，我看到那些陈旧的竹楼，浑然一体展现于大山坝子之中，你就会被傣家人的智慧而折服。周末，我喜欢到寨子里不停地走走，看一眼奘房，看一眼大青树，与平静的傣家人平静地交流，人就敞亮了许多。

边疆瑞丽，弥漫在永远的佛光里，因此我称其为佛瑞丽。无论自然和人文，佛瑞丽，显示着瑞丽的历史与现实，显示着瑞丽村寨奘房的庄严与静谧。

望一眼瑞丽江水，佛性满江；看一眼阔大的青树，佛性飘逸；瞅一眼自得其乐的傣家人，佛性荡漾。这样的边城，大青树下，喝茶聊天，望天开悟“茶禅一味”，那才叫一个妙啊！有时，我真想请住持来此一游，想必他们的感受会比我更多些吧！

等扎小记

等扎村，隶属勐秀乡的一个小村寨，村里主要居住着景颇族人和傈僳族人。上次与交通局的几位同事巡查边疆公路，在山冈上看去，等扎村依路而生，靠山而在，一边是坝子，一边是河水，算是有特色的村庄。山势蜿蜒，河是界河，据说还能“一河漂两国”。这个村有点别趣。

中午与央视制片人郭威一行，采访完翡翠雕琢艺术家王朝阳先生，品鉴王先生的作品，多少有些沉醉。我非贪恋翡翠者，但对美妙的翡翠制品，还是特别喜欢欣赏。王先生的作品，依形造势，不走俗路传统，挂件或流绿滴翠，或朴拙藏巧。他所创作的佛教系列，卧佛或于金蚌之内，或灵现于青菜之上，有对比、有层次、有意境。朝阳先生喜欢围绕主题而雕琢，他选择傣家老妇人所创作的玉品，在原生态格调中凸显少数民族文化味道。他还创作了红色系列，军帽富有浮雕感，草鞋透出行军者的意志。朝阳君的大作，时常触动我的心灵。作为玉雕高人，至今仍每日不辍，右手中指第一骨节上，悬起个硕大的硬胭，表明他的寂寞跋涉之旅。

我与瑞丽市委宣传部部长棍么一起，在开往等扎村的路上。棍部长讲述着山村小路从过去到现在的变化。他说，过去骑单车读初中，土路崎岖，走几步就要扛一段；现在的硬化路虽然损害严重，终究是平坦之路。好在！他用当地话评价着这条路。在边疆瑞丽，我不时感觉少数民族兄弟的易于满足。他们喜欢把当下的生活与苦难的以往相比，幸福度一下子就增长十分。更多人在感谢国家，感谢民族政策好，感谢政府这几年加大了扶贫的力度。

车刚到等扎村头，棍部长说要拐到老家去看看。村里修了村道，厚达二十多厘米的混凝土，显示出修路人对质量的重视。车子抵达一处小山包，前面是一个急弯，不好闯过，车子只好停下来。下车后，棍部长搬下一洗脸盆，盆里散布着苹果和一个陈旧的铝锅，在慢坡硬化的路上，有位老妇女在收拾油菜籽，棍么说是他的亲戚。慢坡向里延伸，则有一个院落，院落里存放着烧山后余剩的泛着焦黑的树木。一位酷肖棍么的老妇人，悄然从藤椅上站起。棍部长用景颇语亲切地呼叫着她。老人掉了门牙，笑从口腔里出来，透出虚无空洞的时光，叙述着无数少数民族山乡女人平生的勤劳。

棍部长的父亲早在十几年前就去世了。老母亲住不惯城里，喜欢家乡的空气，喜欢纯净的山水，喜欢养鸡喂狗，喜欢从一个山冈走到另一个山冈，老人依山而老，平平静静。我感谢大山，为瑞丽培养了一位优秀的宣传干部；我也感谢这位平凡的老母亲，她告诉我什么叫与世无争。

楼是木楼，因只有棍部长母亲一人居住，通往二楼的木梯，已被散乱的木柴挡住了去路，看来已好久无人上楼了。我突然想起，远在山东的母亲，也曾在沂蒙小山村，有那么几年，一个人，就母亲一个人，守着一个石砌的院子，走来走去。她老人家在回忆着我早逝的父亲，平凡地生活。平凡的母亲总是相似的，而从山乡到城市的儿女们，常常被这种平凡所震撼。棍么告诉母亲说：再等十年，要搬回山村与母亲一同居住，而我却只能一个人在边关遥望故乡，祝福天国里的母亲，幸福安详了！木楼虽旧，但牵拽着儿子的心肠。在母亲眼里，儿子永远是最珍贵的宝贝；在儿子眼里，母亲永远是温暖的港湾。棍部长沿着院落梭巡，他可记得，幼时栽下的那棵小树，现已独木成林？古旧的院落，催老母亲长出白发，却让儿子的笑容越来越融入母亲的脸面。

棍部长邀请我，一定要去看看他的扶贫项目：小锅米酒。另换了一辆爬山车，辗转数个山头，在山与山之间，凸显一处平坦的土地，一处新建的小型工厂。只见，砍好的木柴，沿墙而踩成一溜风景。两只狗，一只摇着尾巴，另一只见人不叫反躲。主人介绍说，这是见识少的狗，狗见人少了，就怕人，来人就躲。我看到这只向柴垛后羞涩躲藏的狗，我突然想到了一个词：纯粹！想到了世世代代的山民，纯粹如水的目光，我突然涌上一股想哭的感觉。

大山无语，我亦无语。在酒坊里，我看到我的影子也消失了。只有酒香，只有山洞里二十多个大坛子，矗立成威武之姿！我与酒坊主人握手留念，主人叫洞才，是傈僳族扶贫户，现在他每年可有几万元的收入。见他怯生生的眼光，闪烁着傈僳族人的大山味道。他几乎没说一句话，但我似乎读懂了他眼里要说的万千话语。

从酒作坊下来，沿新修的公路步行一段，倍感舒畅。这些新修的乡道、村道，将为等扎村人插上致富的翅膀。作为分管交通的挂职副市长，我为自己能很快融入边疆之境，为边疆建设奉献微薄之力而庆幸。多为众人修路，孤独的心路才能打开多重通道。即将开通的这些乡村硬化路，不仅缩短了村寨人通往山外的距离，而且还在重新规划着乡下人未来的时空。用棍部长的话说："这路修成这样，好在！好在！超出了山里人的想象。"

沿着平坦如砥的路，走过数百步，抵达一处温泉。掬水洗面，惬意无比；以温水暖臂，顿觉寒气跑远。等扎村，拥有山中之山，水中之水，能酿最美的小锅米酒，能秀最美的山水美景。

其实，瑞丽的每处村寨，如等扎一样，多为璞玉。需要的是王朝阳先生这样的高人，在发现中雕琢，在品味中提升，在聚焦中梳理出万千主题，在隆起的硬腦中，我们靠艰苦与拼搏，欣赏从点滴磨砺中炫耀出的华美。

等扎的下午时光，因为公干，未能品小锅米酒，却让我体会到万般酒香。

拉祜族点滴

话少的人，一多说话，就受惩罚。随车而行，不知是车上的空调太冷，还是自己习惯于夜里的自然风，车到澜沧县，开始流眼泪和鼻涕，有些煞风景。所以，等车开到古树茶林时，冒雨而行，泪水和着鼻涕，倒像向山林真诚祈祷。

云南美，美在每到一地，都有一地的风景；每接触一个民族，都会发现他们拥有自己独特的文化。参加过对越自卫反击战的拉祜族领导石主席，是一位历练丰富的少数民族干部，他对拉祜族的介绍，别有味道。他说，拉祜族是打虎的民族，从青海、西藏一带迁徙而来。传说这个民族是葫芦里生的，每年四月份，拉祜族人都要过葫芦节。葫芦，在汉语里与“福禄”谐音，别有一番意蕴。雷振邦老先生，曾在拉祜族村寨采风三月，写下了反映拉祜族青年男女爱情生活的《芦笙恋歌》，唱遍海内外。拉祜族人感激他的创作，送他肉吃。他一时忘了吃，等他回来时，肉已长毛。雷先生为了感谢拉祜族的情谊，竟然吃下长毛的肉。石主席说起拉祜族的故事，神采飞扬，可见他对自己民族的热爱。晚饭时，拉祜族青年男女载歌载舞，以茶当酒，足显拉祜族能歌善舞之风。当姑娘小伙穿着民族服装，对我而唱时，不知是被姑娘、小伙们动人的歌声所感动，还是心疼他们唱来唱去的那份执着、卖力，我竟然不自觉地流下了泪水。我承认，我是一个太过于感性的人，一点不懂如何掩饰自己。拉祜族的歌，是纯真的歌，毫不遮掩的歌，随性而发的歌。我在云南，时常沉浸在这样的歌声里。就像体验一片没有开垦的原始森林，欣赏没有污染的蓝天、白云。

当晚，我住在布朗族村寨，这个村寨的人们，也和拉祜族一样纯朴。我在布朗族人家里，品尝古树茶，茶香醉遍所有来访者。拉祜族女人见我感冒，一定要煮一碗姜汤给我喝。而同行者购买布朗族人的茶时，因手机无信号暂时不能支付，布朗族人爽朗地说，等回去打开了再支付不迟。看了山寨上的一座佛殿，紧傍其旁的一棵松柏，已经有两千五百多年的历史。这里的少数民族崇尚和善，夜不闭户，道不拾遗，依然延续至今，如不亲眼所见，你会当作神话。当地领导介绍说，你可以随便走进每一家吃喝，不管家里有人没人。晚饭后，我到当地支书家里做客。他是布朗族人，他说："不管是拉祜族，还是布朗族，山顶的大树，昭示着村寨的古老。神灵一直都在大家心里。每个族人都会敬畏神灵。"这个村没有一位吸毒者，和我所到过的一些边疆村寨不同。信奉佛教和山神的民族，心中的道德律亘古不变，从而使这里的民风古韵犹存。我到几家茶叶店去品茶，山民的纯朴与自然，从其言行一眼就可以辨别出来。我为我自己对那些少数民族歌手所涌出的眼泪而欣慰。这些纯朴的人，值得我们这些从大城市来的人流泪。如果我们还存在一点良知，应该为在高山之上，仍然存有这些善良的少数民族歌手而欢呼。

茶是拉祜族人和布朗族人的最爱。这两个民族对茶的利用，走过了一条逐渐升华的历史。从最初用茶来治疗日常疾病、打仗时用来止血，到生活中用来炒菜、制作茶食品，最后发展成有益于身心健康的品茗文化。澜沧县少数民族的用茶史，经历了与别的民族不一样的过程。这也许是高山上的民族生存轨迹的一个特例。

夜宿高山旅馆，夜晚寂静如水。虫鸣唧唧，显山中寂静。下午，在雨中，沿着弹石路，有种步行在茶马古道的古朴感觉。这次深入村寨，了解了两个民族的历史文化，感受了古村落的原始风貌，扫清了我过去对云南落后的印象。倘若我们仅仅以城市现代化的视角来看这些村寨的生存设施，固然会感觉村寨落后，但倘若我们从村寨人的善良来回望城市的龌龊，到底是城市落后，还是村寨落后，倒值得我们做深入研究，才能找到合适的答案。

夜已深，感冒越发重了，我倚枕难眠。拉祜族，在澜沧县，不过四十余万人，全世界不过八十余万人。澜沧成为拉祜族人中心的中心，在这里，世界各地族人不仅找到了他们原始的根，也找到了从古沿袭至今的民族清流。在品茶赏葫芦之余，他们该对自己与世界之间作出怎样的对比？

永远记得在澜沧的这样一个下午：新雨过后，小鸡摇摆在屋脊上，自由来去；几乎家家户户都挂着泛黄的葫芦；而各家木屋里总会有茶香溢出。我愿意成为这寂静时空里，一位不言不语的品茗者，来忏悔我喋喋不休的一上午。感冒，是因嘴杂出卖了元气而致。一个人和一个民族一样，保持历史的元气，才能永远健康地活着。在高山之上，在古树茶的滋润中，我喜欢这样一个寂静的夜晚。寂静，总给人深沉无比的力量。

河边村

汽车转过好多个山梁，再越过一个大坝子，甩过几道山梁。正当你要慨叹山梁真多时，汽车就停下来。依山而新建的仿古村寨映入眼帘。村支书穿着民族服装迎接我们，一旁的村会计，也穿着民族服装。村支书的头发，大多已泛白，脸瘦而弱，笑是原生态的。问年纪，竟然小我一岁。他喊我大哥，我没想到，未入寨门，就先认了一位瑶族兄弟。

村子叫河边村，没看到大河，只看到小溪。溪水浑浊，雨季的山洪，汇入小溪，溪水就不再清澈了。跨过一座小桥，在山坡上，瑶族人的房屋层层叠叠，能看出是近几年新盖的统一民居。屋顶仿古，整个屋子为木结构。村支书拉着我的手，向前走。我问村支书道："平常穿民族服装吗？"村支书说："不穿不穿，只有客人来了才穿。"我避开那一溜宣传画板，也不听乡镇书记的介绍，沿着村西的路，沿街步行上去，看到一个老人赤脚坐在路边，旁边放着他的水烟袋。他对着我笑，我问他在干什么，他也不答复我，嘴向不远处的一棵树上一努。我顺眼望去，只见树杈上挂着一个中年人，中年人的手在靠近上面一个树杈上的圆木箱，原来那人在采割蜂蜜。老人看我知道了秘密，他就笑了。他旁边的狗也笑了，笑得很悠闲。

通往山顶的台阶，长满了青草，看来这个村的村民数量不多，外来的人也不多。村支书拉我到一个展厅里参观，那是来自北京的一位大学教授的展厅，展示着这位教授对这个古村落的关心。我似乎看到二十世纪三十年代做乡村实验的大学教授的身影。院子里有鸡游动在房檐上。云南的鸡，善于飞屋上墙，这种鸡叫作“飞鸡”；也有喜欢在树上而眠的鸡，叫“树鸡”。这些鸡不同于北方的鸡，如健美教练一样，一身疙瘩肉，吃起来香，鸡汤也有别于用那些贪吃懒跑的鸡做成的汤。鸡的一生，善于奋斗者，有虫子可吃，品质错不到哪里去。

通往山上的路似乎很遥远。我问一位村民，新建的房子多少钱？村民说，十四五万。我再问，钱来自何方？答曰：一部分来自政府补助，一部分来自贷款。

我通过深入调研感觉到，不调动起农民的致富积极性，不培养农民自我改变的意识，脱贫只是形式。在云南，靠着金山银山过苦日子的现象大有村在，要改变这种面貌，重要的是改变贫困户的思想，让他们从“等靠要”变成“思挖拉”。思考自己落后的原因，挖掘自己所依赖的资源，拉住人才、项目和文化品牌，始终靠不息的奋斗去改变现状。有个贫困县，靠着近十二万亩古树茶园，却有十二万贫困户，对比起来让人震惊。拥有资源不会利用，享有品质文化，却不会打造品牌，这是造成云南部分县市资源丰富而贫困者多的真正原因。在河边村，一方面我看到政府为农民住房整体式完善作出的努力；另一方面，我对农民自身能力的贫弱感到十分忧心。一个缺少内生动力的村庄，仅有富丽堂皇的房屋是不够的。倘若要我为这里的农民寻找出路，我则不会选择全面改善农民的住房（危房改造例外），我会从改善当地农民的素质入手，加大对他们培训的投入，让他们人人学会一到两门致富技术，这对持续改变他们的现状，真正实现乡村振兴不无益处。另一个问题在于，互联网时代，乡村农副产品要提高附加值，一要依托互联网，二要打造当地品牌。而这些所依托的基础，则是人本身的变化。教育和培训，技能与产业，都是贫困农民求得脱贫的关键。

瑶族山民是自由的，但他们多少有些拘谨。我盼望能听到他们歌唱自己的歌曲，村支书很扭捏，半天也没有领大家唱出一首歌。在云南，几乎每个民族都是能歌善舞的民族，善于向外界展示本民族文化的魅力，也是民族村落所要思考的开放途径。能向外界打开的村落，发展的步伐就快一些。河边村民，依托着大山，要想走出一条致富途径，政府在引导时，自然不要忽视培养村民的致富技能，而更重要的是让村民富有开放思想，学会与外界沟通，让自己的思想对接山外，山里的产品才会为外人接纳，致富脱贫才有可能。

我与瑶家女子交流，又与瑶族老人谈心，吃了刚从木臼里捣就的年糕，剥着香喷喷的玉米。他们给我穿上瑶族服装，戴上瑶家帽子。我与村支书兄弟一起合影留念。离开瑶寨时，老支书恋恋不舍，嘱咐我一定找时间再来。我则把帽子买下来留作纪念。老支书夸耀着中国农业大学李教授对瑶寨的关爱。我在现场看到李教授的两个弟子在为瑶寨服务，我真希望那两个孩子就是瑶族青年。遗憾的是，大多瑶族青年去山外打工去了，山里只有老人们的笑脸。

上车后，山就远了，瑶寨消遁在视野里，而我的心头多了一丝深深的牵挂。

纵歌节

到瑞丽来之前就听说瑞丽少数民族节日多，所以十分期待。夫人因为开学归京，未能参加纵歌节，我则在志愿者小张的陪同下赶往纵歌现场。

路上，可以看到景颇族小伙子穿戴着民族服装，三五成群向纵歌场奔去，他们脸上洋溢着幸福的表情；女人们打扮得花枝招展的。我边看边与他们留影。硕大的纵歌舞池也被清扫一新。维持治安的警察也格外勤劳，在人群中穿梭。我在参与纵歌的人群中走，犹如回到了远古。

景颇族是生活在山里的民族，因山养性，富有豪侠仗义之气。我曾到过几个景颇族山寨行走，寨子里的山民你住一个山包，我住另一个山包，有疏离错落之美。显露出古香古韵的竹楼，盘桓在山间，令人遐思；悬挂在树上的牛头饰品，让你回想起景颇族祖先世世代代沐雨打猎的过去。这里的房屋融入自然，这里的自然与人融合在一起。呼吸一口山里的空气犹如仙气，仰望湛蓝的天空灿如仙境。景颇族人有福，与这样的天地为伴；景颇族人有幸，直接领受大自然的恩赐。在沟沟坎坎中蹦跳，在追逐野兽中欢呼。在渐行渐远中，蹦跳成了他们的动作；在代代传承中，与野兽抗争，与山水相盟，成了他们的品格。春天，大地不像北方那样富有复苏的迹象，景颇族人祈福苍天与大地，向山野宣誓，为圣灵欢歌。舞蹈起来的族人犹如孔雀，犹如飞鸟，犹如大地上的蝴蝶。景颇族人啊，或选择庭院，或在村寨旁的平整场地上，蹦蹦跳跳，蹦出了韵律，蹦出了文化，跳出了自信，跳出了传承，跳出了民族风格。

我在穿戴时尚的人群里穿行，耳闻景颇族人欢快的笑声。我问小张说："来参会的都是景颇族人吗？"小张说："其他民族也有。"近处有几位少数民族姑娘走来，她们的衣服上悬挂着银铃，犹如树上成团的鲜果，人一走，风铃一般，哗啦哗啦响，一定暗合了姑娘们的春心。我停下脚步，问她们来自何方。姑娘们含笑相告，她们是德昂族人，家在户育乡，靠近边境。我问她们的名字，她们嘻嘻笑着，说德昂族人是没有名字的，不知真假。姑娘们玩自拍，我也与她们合影留念。我们互留了微信，她们后来邀请我加入她们的微信群，每天我都能听到她们在微信群里美妙的对歌。寻着她们的歌声，我感受着蓝天下的羊群慢慢地走过山野，我看天空中盘旋的飞鹰，感受山民的欢快之情滚过大地。

纵歌的舞池外面，是出售食物与服装的市场。这样的时光，是景颇族人狂欢的季节，有海量的食物四处排列，让你目不暇接：烤乳猪、竹筒饭、甜玉米、牛干巴、过手米线、草袋烤鱼、粽叶糍粑……每种食物都让我留恋，每个摊位都引我驻足。一位七八岁的景颇族儿童，人瘦且伶俐，穿着盛装，腰佩钢刀，煞是威武。我为他拍了照，小伙子摆个造型，犹显先民风姿。

在纵歌现场，我看到很多古老的手艺在展现。几位竹编手艺人是景颇族人，竹条在他们手里如面条，上下翻飞之间，竹编艺术品很快成型。这些编织生活之美的老人，该有怎样的富有成就感啊？他们把生活与艺术串联，他们才是真正的艺术家。织布的都是一些老者，额头的皱纹布纹一样细密，我担心这样的手艺因为缺少传承而消失。在勤劳的景颇族手工艺人中间穿行，我体会到一个古老的民族在传承与新生之间，时刻在寻找最佳的平衡点。在米酒和水酒摊子前，景颇族妇女，用一种独特的方式捏住竹筒边上的一个小口打酒给我喝，我真怕未来会丢失掉这样的细节。

同为挂职干部的马副市长早就来了。一身景颇族服装，帽子也戴得十分端正。人又有军人的帅气，腰刀一挎，好不威风，让我贪羡这一副好身材，这一身好衣服。在他的鼓动下，我与他一起随着纵歌的队伍步入舞池。在舞池里，成千上万人边舞边歌。这是一只浩大的队伍，好像从远古走来，从高山之巅走来，从仙境中走来。他们排成两列队伍，边走边舞，舞出了韵味，舞出了文化，舞出了威风。遗憾的是因为开会，我只转了一圈就从舞池里出来，难以领略其后的宏大场景。后来从电视上看，倍感遗憾。再后来，本想去参加芒市的纵歌节，弥补一下，却又赶上出差。整个德宏州的纵歌过程，我只能感受皮毛了。

我计划，明年一定提前买好一身衣服，也像马副市长一样身佩腰刀，在舞池里跳上一上午。我没有他帅，但心中的激情一点也不比他少。这一点，我很自信。

弄岛采花

一大早，同事段智荣就来接我去弄岛采花，这是泼水节的第一个节目，同行的还有智荣的同学王兵和英语老师刘啊珠。接受上一次没能参加目瑙纵歌节狂欢的教训，这一次我不想放弃了解一个民族文化的机会。“采花”二字含有多少想象，在汉族，采花意味着揶揄，“采花大盗”是浪荡公子的代名词，而傣族的采花则有另外一番含义。何况，弄岛那个地方，一个“弄”字，写满无限诗意。不过，傣语的“弄”字却是指“长青苔的地方”，我倒是喜欢用汉语的字面意思来解释。弄权、弄身、弄鸟音，弄风、弄月、弄生活，一个“弄”字了得。

早有人乘坐现代化的汽车抵达尚属原生态的采花场。赵瑞仁副市长是傣族人，平时向他了解的傣族文化颇多。此刻，他正忙碌穿梭在众多傣族人之中。几位傣族老人，跪靠在象征天地神位的灵座前，口中念念有词；打扮得鲜艳夺目的傣族男女在其后也跪在地上祈祷，这一场面让我动容。据说，泼水节的来历，就是为了驱逐邪鬼恶魔，祈祷风调雨顺。在古代，这个边远之地，相比在这个季节，正是干旱与雨季的交汇点，凭借生活经验，也是疾病的多发期。缺医少药的地方，不能抵抗更多的疾病侵袭，人们归之于恶魔肆虐。于是，各类祈福仪式应运而生。几乎每个民族都有类似的传说。因为地域和民族习惯的不同，各个地方的祈福仪式自然不一样。而傣族的祈福仪式，选择在山野林坝，选择在春光明媚的日子，在这样一个时空交汇点，万众集于一地，在头人的带领下，怀着虔诚，怀着激动，怀着对未来的期望，在此时此刻此地此水，举行隆重的祈福仪式，然后展开泼水节的序幕。

场面上的景色令我动容，我从傣族小伙子手中接过长长的腰鼓，好像我顿时也变得年轻起来。打一声腰鼓，山谷回应；再打一声腰鼓，荡气回肠。有种长锣鼓，转动手柄，就可以发出“嚓嚓”乐音，尤其好玩。摄影协会的额邵主席带领着他的团队，此刻不会忘记捕捉每一处身影。我兴奋地和他打招呼，还拍下了他拍摄祭拜仪式的情形。

似乎傣族的抬着打的大锣，比对手敲的锣鼓更有气势。我从一位傣族女子的手上接过落槌，抬起铜锣，和着鼓点，一槌下去，荡开五湖四海；又一槌下去，荡涤万千尘埃；再打一槌，催开万千笑脸；还打一槌，令人心潮澎湃……

傣族小伙儿跳起来了，他们那么潇洒、英俊、自由、虔诚，金黄的衣服显示其尊贵，活泼的舞姿来自远古，跳啊，跳，跳出民族的魂魄，跳出历史的脉络，跳出美好的生活；傣家姑娘跳起来了，跳出仙女般的轻盈，跳出傣族平和的品性，跳出代代和平的幸福，跳出对天地向往的心情。跳起来吧，姑娘们。穿金戴银的姑娘们，或展一袭黄裙，或穿一套红装，或打扮成紫罗兰花盛开的样子。在这个采花的时刻，傣族姑娘风情万种，傣家女子令人心动。

一个风趣的傣家人通过土电话（两个涂着振动共鸣膜的竹筒连着一条白线）和一位姑娘通话，大声喊着“我爱你”。这种传统的求爱方式传达了傣族人的几多妩媚、几多柔情和几多幸福。我也尝试着与那位姑娘用土电话对话，我对那头的姑娘说：“他说他爱你！”大家哈哈大笑起来。整个现场的气氛有趣而热烈！在这样的时刻，你可以感受到，傣族人的欢快与自由，从古至今没有改变，成为傣家的生存之魂。

我随着采花的人群向山里行走。近山的花已经被采没有了；行至中山，见一位傣家人正束紧几枝花，问其花名傣语称谓，那人答：“没哥帅。”我说：“没有哥哥帅？”傣家人笑了，同行的人笑了，聚拢来的采花者都笑了。

我和王兵终于发现了一棵“没哥帅”树，采集到我们所需要的花朵。在回来的路上，智荣还将花儿插在汽车上，犹如凯旋的战士。当天下午，我们一行四人，还去了弄岛淘宝谷，看了在南宛河边养野猪的兄弟。在这个快乐的采花日，我与傣族人民一样兴奋，当晚所做的梦，就如我在活动现场的舞姿一样自认为优美。

去看畹町回环村的猴子

在瑞丽，有几次去莫里瀑布，车甩个头，窜到芒市一侧的一个旅游点，这里原打算作瑞丽江漂游的。站在这个旅游点上，但见江水滔滔，涌流不绝，很有气势；更美妙的还是对岸，但见茂林修竹，耸立于河畔，往远处看，一山高过一山，一鸟鸣过一鸟，使得山更挺拔、林更幽静。随行的人说，对岸他去过，有个很奇绝的小村庄，叫回环村，是古老村寨，归畹町管。村寨有傣家人，也有德昂族人；有犀鸟，也有猴子，直说得我心里痒痒的。未曾想，在一个美好的时日，我与马孝忠副市长以及瑞丽史志办的同志，在畹町镇兰天水书记的引导下，得以畅游该村，实现了我的梦想。

那一日，我执意坚持，要先去看一眼江边的凤凰花。抵达瑞丽江边，但见中缅女子徜徉在凤凰树下，或清新如画，或作小鸟依人状，或群体，或个体，纷纷与凤凰花合影留念。偶有小女孩，将花挽成花环套在头上，倒也十分可爱。在凤凰花下，每个爱花人的美心，几乎都是值得赞美的。我拥有了这一片花海，同事们也拥有了一片花心。一车同事谈笑风生，再往畹町走，人的神情就不一样了。

到抗日关口黑山门纪念点，向左一拐，再弯几道弯，就到了回环村了。

回环村，村不大，沿着我的视线，形成“一”字形排列，两边的房屋好像一根藤上结出的瓜。可以想象，当年的山民，如何巧妙地将一个村的房屋，一栋栋地建立在山脚下的平坝上，正像瑞丽市的其他坝子一样，村寨因山而美，因水而活，而这条沿山而起的寨子，更有一种意味深长的风度。

我在山脚下走，看左边的山峦，高而逼仄，幽深之中，多少给我些压迫感；听到孔雀的欢叫，而这里确实是有犀鸟生活的。以我仅有的地质学知识来看，此处村寨的选址，是存有一定危险性的。但硬质的石岩，保护这个村寨的山民世代平安繁衍，就像犀鸟一样安详生存在大山之中。我期待看到猴子，兰书记说，这个季节，猴子迁徙到缅甸了。不过，村民和他都见过。每到春天，这里的犀鸟，会吸引大批的摄影爱好者前来，如盈江犀鸟谷一样热闹。摄影协会的朋友几次邀请我都没能来，十分遗憾！

路是标准的乡村路，听说原来的路是石块路，古朴而自然。后来我在通向江边的路上看到了，因为水泥硬化路的修建，这些石块路就消失了，这很让人失落。这让一个村庄的古朴，顿时减分不少。但所幸，兰书记他们后来明白过来，保持了一条通向江边的石块路。我走在上面，一边硌着脚，一边说着话，像一位享受按摩的人，感受着春风的抚慰。

通向岸边的石块路让我想起这个村庄曾有的古朴气息，但见路两旁一丛一丛，一片一片，生长着茂盛的竹子。直刺云天的竹子中，有凤尾竹，有龙盘竹，还有其他我说不上的竹种。竹影婆娑之下，但觉阵阵凉意袭来，顿生古人诗心禅意，扫去了我刚入村时看到混凝土路对村庄侵蚀的不快。这样的民族村寨，道路不要轻易地改建成硬化路，即使改，为什么不弄成大地的颜色？即使修，为什么路两旁不密植上树木花草？我向书记建议道："还是要对长长的村路进行改造，形成自村头到村尾的花海树河，让背包客尽情享受在花果相间的村路上行走的美感。倘若沿路形成花果的拱棚，这个村子岂不成了世外桃源？只是生生一条路，带给村民方便的同时，把村落的古旧，无情淡化了。"

所幸有村头的数棵大榕树，一棵胜过一棵，挺立在村头，宣誓着这个村落曾经的古老。我在村头，在村主任的家，拍石榴花果，看芒果树青，听孔雀欢叫，摸大青树皮的纹路，一种古朴之意油然而生。很多民族村庄的古老元素在消失，而回环村还保留着更多的民族元素。显示民族文化故事的墙壁画令我眼热，但我更喜欢的是苍老、陈旧的竹楼木屋。从村头走到村尾，这种房屋虽然在减少，但所幸还有不少。只是屋面改造得太多，好像给一位古旧的老人披上了现代的纱巾，多少显得有些不般配。我向兰书记建议，对屋面统一做民族化的改造，让村落在古老传统里回归德昂族文化的氛围。

一位不会说汉语的老人，他在编织一个鱼篓，我靠他儿子翻译，与他对话，并从他手里接过他正在编织的鱼篓，也编织起来。世世代代的德昂族人、傣家人，生活在这里，以他们的勤劳与善良，相伴着大山。有的一生没有走出大山，他们靠自己的智慧，种田、渔猎和编织，与野兽作斗争。当年日寇驻扎，虽打破了山寨的平静，但没有掠走山民的善良与纯朴；今日回环村，既有不会讲汉语的老人古朴之风的存在，又有老人儿子会流利地说汉语所带给我们的现代感。

兰书记领我们到一家酒坊去参观，女主人领我们去看了她的储酒屋。女主人的勤劳让我们赞佩，她一家靠酿酒致富，靠白米酒、紫米酒发财，过上了小康生活。桂花酒是她的独创，斟上一小杯品尝，但闻桂花香，喝下肚思量，真乃好酒，装满了一个村的芬芳。这样的酒坊，村里有两三家，一家有一家的特点。我看到几家人正晒香料烟，打捆的香料烟方正如书，德昂族人正是这样一年一年书写着春秋。

遇到一位穿黄衫的老者，我问年轻的村主任，才知对方是老队长，八十五岁了，身板还硬朗。旁边的屋子显然比他还老。在这个院子里，我拍了数张照片，生怕古物也如石块路一样消失似的。在村里，我看到了和瑞丽江边一样的凤凰花树，只是分离开的两棵，一棵在路东，一棵在路西。我看到了花生树，粉红的花挂在树上，簇拥成花海。据说，此花结出的果实，味道像花生一样。而桂花树的香味，纵穿了整个村庄，即使我们在往岸边走的路上，这种花香还尾随着我们。

德昂村人的聪明从古至今就从村落的布置上显示出来。如果说村头的大榕树是一首乐曲的美妙序曲，那古老的奘房藏在村尾，则成为神圣的结尾。新旧两栋奘房，矗立在村尾。更让我感兴趣的还是那座木制竹围的古老奘房，它就像一个世纪老人，说着一个村庄的过去。据介绍，此奘房建于清朝末年，少说也有一百余年，但见雕饰的动物和花朵油漆脱落，榫卯建筑有些开裂，但依稀能感觉到德昂族人的智慧与精巧。这座奘房，已被列为州级文物保护单位。我倒是希望它的被保护级别尽快提升。因为这座古老的奘房代表的不仅是一个民族、一个时代，而且还是我们中华民族文化的化石。

沿石块路而下，抵达瑞丽江，但见瑞丽江水碧蓝如翡翠，我的眼界心胸大开。在对岸时心中形成的谜团，今天终于破解了。回环，一个美妙古老的村寨，藏在深山人未识。它以它的独特，让我获得一上午的眼福。感谢您，回环村！我想来看猴子，虽然没看上，但我看到了更多的美景与历史；我想来拍犀鸟，没拍上，但我拍到了其他灵动的生物。

回环村，一个值得再来的村庄。有一天，我会以一个背包客的身份，沿村循河而行，独享这个村庄的古老，独赏这个村庄的美景！

绿色盛宴，吃遍鲜美

甜透瑞丽

甜蜜的爱情酿造的蜜一定更加甜蜜，中西合璧的蜜会更加富有味道。在瑞丽，有一对夫妇，丈夫养中华小蜜蜂酿蜜，妻子养意大利蜂酿蜜。让自然之美呈现两种文化风情。在泼水节即将举行的下午，我随光勇和雪梅两位朋友，怀揣着欣喜，赶往这对夫妇的养蜂基地。

闻着荔枝花香绽放在大片土岗的时候，车停下来，我看到延伸开去的蜂箱。车停下来，下来一位高个子的中年人，面清目爽，自称是养蜂厂的主人。只见他打开蜂箱，密密麻麻的蜂子粘在蜜板上。有人帮我拿来了头罩。主人抖掉蜂子，轻轻割下一块溢酿在板外的蜂蜜递给我。那块蜜泛着金黄，是黄花的颜色，是清新的格调，是清纯的再现，是大地的奉献。我接过来，迫不及待地送入口中，一股清香，一份和荔枝花香并无二致的醉心味道洋溢在口中。从来没吃过这样新鲜的蜂蜜，从来没感觉到这种带有鲜花气质的高贵。我看着主人割蜂蜜的动作轻松娴熟，一个个参观者人人分得一块蜂蜜，大家啧啧称叹。是蜜甜坏了他们的舌头，还是蜜蜂的勤劳打动了他们的双眼？

割蜜是一件技术活，主人摆开工具，一盆、一刀、一离析机。刀触蜜板，轻轻割除蜂巢上的蜜盖，露出里面的蜜；酿蜜时间不同，蜜的形色自然不一样。褐色或浓重的，像老教授；浅黄或稚嫩的，如新学子，藏着的深厚成分自然不同。我分别品尝了几种不同颜色的蜂蜜，口中感觉自是奇妙。有一种浅些的蜂蜜，主人割给我一大块，吃下去，甜得腻人，也许是太多了，有些齁着的感觉，浓甜中感觉到略有些苦。好东西不可多吃，贪多自然改变品质，这是佛家偈语。

我对主人取下的一块洋溢在蜂箱之外的蜜板感兴趣。主人说："蜜蜂很勤劳，不及时取蜜，蜜蜂就会在巢外酿蜜。"我拿着布满蜜蜂的蜜板留影，一点也不害怕。这是四月的天空，瑞丽的天空这时候特别透明，不像雨季漫天遍野地布满雨丝。这时候瑞丽的天空，犹如北方的秋天。复苏的万物像眼前的荔枝，绽放着枝叶和花蕾，正是蜜蜂们最疯狂舞蹈的时刻，也是大量生产蜂蜜的时刻。借助空气的纯净和大地的干燥，这时候产出的蜜具有天然的品质。我看着这些瑞丽的蜜蜂，它们成为世界上最幸福的昆虫。只是它们缺少人类的思维，不会体会到大自然赐予它们的幸福。

主人唤我们凑近蜜板，在涌动着的蜜蜂中间，有两只黑色的蜜蜂。主人介绍说，个小的是工蜂，个大的是蜂王。我第一次知道蜂王是母的，看来蜜蜂们一直沿袭着母系生活制度。据主人介绍，蜂王只有一次出去寻找雄蜂做爱的机会，之后就在蜂箱里生子养育，一只蜂王一次可以产一两千粒卵。正如一只鸡可以下出数倍自身体重的鸡蛋一样，蜂王以奉献之心成就蜜蜂的泱泱大国，的确令人赞叹。蜜蜂坚贞不二的爱情也让人类学习。主人介绍它们的情形，犹如介绍自己的孩子，洋洋自得之色显现。参观者听之，悟之，说之，笑之。主人说："蜜蜂是世界上最无私的昆虫，勤劳可爱不说，为人类产生甜蜜，更为自然界传花授粉。果园的老板喜欢养蜂人，喜欢蜜蜂们在果园里跳舞。"

主人是个有心人，十八岁时因为羡慕老师的养蜂手艺而跟随老师养蜂，这一养就是二十九年。十年磨一剑，这近三十年，也让主人的养蜂技术技高三筹。瑞丽人喜欢吃蜂蛹，当地发展胡蜂、大土蜂来培养蜂蛹，个大好吃。遗憾的是，大土蜂是食肉动物，喜欢吃其他蜜蜂，包括胡蜂。主人发明了保护器，放在中华蜜蜂和胡蜂的蜂箱前。大土蜂一接近，就会被电伤。各类蜜蜂"美美与共"、和平共处。我不知道那个离析机是否是主人的发明，将削去巢盖的蜜板装入其中，转动手柄，蜂蜜就会离析出来。传统割蜜，连蜂巢一同割掉，无异于杀鸡取卵，蜜蜂做巢需要时间，所以一年产蜜甚少。现在有了离析机，较好地解决了这一问题，产蜜量大增。我提议在齿轮下方加个护套，可以避免因长期转动齿轮而有铁末影响蜂蜜品质，主人慨然接受。

据同行的记者朋友雪梅介绍，主人从事甜蜜事业，主打两个品牌龙蜂子和千千吻。他还和褚时健的公司合作，出品“褚橙庄园”商标的系列产品。主人介绍，意大利蜂个大，适合采大蜜源植物，产量高，犹如掌握高科技的现代化工厂。这种蜜量大了，吃起来口感就不如中华蜜蜂产的蜜细腻。这中华小蜜蜂蜜产于本地，犹如当地没经过嫁接的水果，因为中华小蜜蜂个小，善于利用零星蜜源植物，采集的花粉少，产蜜少，蜂蜜口感细腻好吃。我把意大利蜂比作当地的一位大商人，把中华小蜜蜂比作背着小包游街串巷的小经销商，大家都笑了。

主人认为蜜蜂是人类健康之友，而瑞丽蜂蜜巧借当地自然资源，成就天然纯正本色，当属蜂蜜佳品。瑞丽蜂蜜是自然割下而成，不添加任何物质，也不进行任何加工。主人的心胸很大，他计划着把这种最原始的蜂蜜推向全国、推向世界。他组织了养蜂合作社，联动当地农民养蜂，计划至少在两三年内养殖三万箱中华小蜜蜂，让大山深处的自然馈赠惠及更多人。

我品尝着这从未体味过的蜂蜜，感受到主人真诚亲切的诉说，也感受着整个加工过程的幸福，为自己拥有一个美好的下午而高兴。同行者的笑脸告诉我，这蜜也甜透了他们的身心。

甜透瑞丽的蜂蜜必将会甜透全国。这位主人的名字叫龙建平，他在建设着平凡的世界，却是不平凡的味道。

在边关吃煎饼

此生怕难以走出煎饼的味觉了，尽管出来工作时刚刚十五周岁，但煎饼套牢了我童年的味蕾，所以一生离不开煎饼的诱惑。我在泰安工作的二十几年，泰安煎饼的金黄如纸、香味如桃，让你没法不去贪恋它。我去广州工作，也没断了煎饼吃，当时要求回去休假的同事，回来不带煎饼不去接车。我到北京更是缺不了煎饼。北京的山东同乡多，朋友圈里晒煎饼者，大多能获得阵阵迎合声。煎饼成了勾起我童年回忆和乡情感觉的佳品。我喜欢吃煎饼。在北京，一顿早餐，我能连吃五六个煎饼。夫人说：“别吃了！再吃就胖成猪了。”

来边疆瑞丽工作后，这里的小吃丰富，且多是原生态，可以放心去吃。但多年形成的饮食习惯，一下子扭转过来不容易。客观地讲，市委食堂里的饭菜虽然不丰富，但也不算太少，主食多是米饭，吃几碗不压饿。菜是当地菜，偏辣，偏酸，偏单调。北方菜讲究色香味，这里的菜注重原始美。南方有“千人千山千才子”，北方不过“一山一水一圣人”，吃菜在瑞丽，丰富而单调，丰富就其菜品而言，单调就其做法而说。不像北方，尤其我的家乡山东，虽然菜多几个雅评（黑乎乎、黏糊糊、甜丝丝、咸津津），但终究是齐鲁味道。譬如，蒙阴光棍鸡，佐料入其内，吃起来有嚼头。瑞丽名菜“撒撇”要是放在山东，定然把蘸水与主料合二为一，而瑞丽诸君喜欢把菜一分为二、为三，凸显瑞丽人为吃不惜费千般工夫，也看出瑞丽人拥有大把的悠闲时光。一位北方人，对我来瑞丽数月很少吃撒撇，感到稀奇。瑞丽人把撒撇当作尤物，几乎每餐必点，我望而却“嘴”。当然有些好吃的，譬如，对北方人口味的牛干巴、白花菜、帕哈菜炒鸡蛋之类，我是吃了再吃。说实话，大快朵颐的机会少，更多时候填不饱肚子，需要回宿舍补两个煎饼。当然我会在煎饼里夹上山东芝麻盐，或者裹上两个鸡蛋，一口口生生咬下去，像生煎饼的气，又像遇到久违的心上人。

在彩云之南，在边关，在一个叫瑞丽的地方，煎饼成了学生的符号、朋友的记忆、家乡的情感。不到三个月，学生、同乡、朋友和家人，就给我邮寄来二百多斤煎饼。虽然我横竖吃了不过十几斤，但这些煎饼的确成为我战胜饮食习惯的法宝。细心的学生李立群，还邮来了咸菜和大蒜。煮上当地的柠檬鸡蛋，剥开煎饼，卷上咸菜和芝麻，一口大蒜，一口煎饼，那叫一个美啊！

瑞丽的确有很多美食，我很喜欢吃，但要一下子从北方的饮食气氛中拉到瑞丽食客中充当“大咖”，还是有些不行。所以，更多时候，我在外面吃饭，多以欣赏他人的吃饭豪情填饱心情，而肚子还是要回来靠煎饼增容、支撑。“家藏娇妻不好色”，有煎饼侧卧在家，心中就有底气，做客即使不饱，也会呈超然之色。

我在瑞丽吃煎饼的心情很复杂。在北方吃煎饼囫囵吞枣；在瑞丽吃煎饼，一口就是一口，怕吃快了，记不住这种吃的感觉。来瑞丽数月，人瘦了十几斤，一是吃得少，二是走得多。感谢北方的亲人、朋友和学生们，他们知道我喜欢吃煎饼的老毛病，让我在瑞丽美食中不忘饮食传统。有时我吃煎饼，也感觉自己与瑞丽人的异化，吃一口煎饼好像对不起瑞丽人、瑞丽菜、瑞丽民众的热情，吃着吃着就把煎饼放下来。但几次踌躇之后，就如丢弃了一条鱼的猫，逡巡半天，还是把那鱼吃了。我会躲到厨房的角落里，一口一口把煎饼吃掉，生怕让瑞丽人看见（窗外就是无数双瑞丽人的眼睛）。

细心的朋友在与我共餐时，喜欢点一些馒头、大包子之类的给我吃，但这些终究比不上煎饼，我感念他们的细心。我计划回北方时，一定动员几位山东老乡，在瑞丽开一家煎饼店，做原生态的煎饼，别让如我这个北方佬一样的外地人，如此仓皇。但愿有人接招，随了我们这些异乡食客的心愿。

羊奶果

瑞丽有一种果实，红得像玛瑙，晶莹得像小西红柿，吃起来有酸的，有甜的，也有既酸又甜的。这种果实，味道有的像北方的樱桃，但比北方的樱桃大；有的像外国的葡萄，但比外国的葡萄好看。可以沾着辣椒面吃，可以沾着傣族自作的撒撇吃。单摘一枚，晶莹剔透；洗出一盘，簇拥如红玛瑙，诱人出口水。每次走到挂满这种果实的树前，我就会驻足片刻，轻摘数枚而食。这的确是瑞丽的一种鲜果。我在2018年1月1日抵达瑞丽，看着这棵树，从开花到结果。果儿由青到红，好像春天孕育的一个阴谋。这种果实，在瑞丽，前前后后能食用两个多月。在瑞丽城乡，几乎四处可以看到它的影子。别说当面看它，人就忍不住口水，就是想象一下它的样子，人就难以自持。红就红吧，还专门撒上金星点点，犹如一位美女；美就美吧，还有一个半虚半实的帽子装点自己，这就有些让人想入非非了；酸就酸吧，偏偏酸得恰到好处，不是那种酸倒牙的酸，而是牵拽人胃口，吃了这个想那个的酸。所以，瑞丽人很聪明，把这种果实经常拌和而食，配以红花绿叶，恰如把整个大自然摆在餐桌上。

据说，整个云南，这种果实比比皆是，但瑞丽的却别有风味，酸而有度，甜儿不齁，如当地的空气、水和阳光。我在此果跟前，甘愿俯首称臣。虽非女子，却也爱红色之果；无雅士柔情，却也喜欢静静凝视其形，而顿生爱慕之情。可爱的果实，撩人的果实。我发红果实到朋友圈，总会招致许多人的疑问猜测，有人猜测它是西天取经路上妖怪诱惑唐僧的灵果，有人把它当作只有瑞丽人才能享用的圣果（此果面皮柔嫩，不好储存，北京朋友虽想吃，但我很难邮寄给他们）。不管如何说，这种果实代表着瑞丽之春的韵致。因为生于木本树上，和那些草本的水果相比，此果不但特有味道，且吃起来有筋骨，是想一想就会嗓子湿润的果实，我喜欢。只不过瑞丽人太过于发挥其功能，用其炖鲤鱼，汤鲜而形美，拽碎你的舌头。此物怕是仙界之物，不慎遗落民间，才有此形、此色、此味、此感。

瑞丽人定然知道我说的此果叫啥名字，对了——羊奶果。我对这个称呼很不感冒，犹如一个壮士偏偏叫二蛋、狗剩；一位美女偏偏叫二丫、傻妮。羊奶果，取其形似，要说其有孕育芸芸众生之意，倒有一说。因为我看到蜜蜂爱吃，小鸟也爱吃。我看到一只小鸟，逮着一个羊奶果一直吃下去。不像蜜蜂采花，遍地采开去，而这个小鸟对羊奶果很忠诚，直至把羊奶果吃完，和我吃完一盘羊奶果一个道理。鸟儿对羊奶果的钟情，肯定不是源于它的节约意识，实在是羊奶果太好吃了，不吃完对不住它的那张小嘴。鸟儿吃羊奶果的样子很投入，这时如果后面有捕鸟者，很好下手。在美食面前，万物皆流露贪婪之相，人鸟皆然。丧失了防备之心的人与鸟，最好捕捉。

自从羊奶果开始转红，我就可以经常享用羊奶果了。村寨的农民采集给我吃，认识的老乡捎来给我吃，关心我的同事采摘给我吃，甚而泼水节采花也有参加者送了给我吃。我曾吃过农场一对老知青重新嫁接的羊奶果，有樱桃的香味，果子是甜的，犹如这一对当年插队于此、老了又重新到瑞丽奉献的老人脸上的笑容。羊奶果好吃，好吃到有时我忍不住偷摘几颗享用；羊奶果火红，它正成为边疆人精神快意的象征。

我对羊奶果的喜爱，超过了对芒果的喜爱，也超过了对西瓜的喜爱。芒果的芳香多了些附庸风雅，西瓜的甜度又有些过于张扬。唯有这一枚枚红色的羊奶果，红得不张扬，酸得不打人，呈现得不短暂，如瑞丽人的心一样美好，如瑞丽的花儿一样让人难忘。

我喜欢，我真心喜欢，瑞丽这里的朴素果实——羊奶果。我对北京的朋友们说，想吃，就来瑞丽吧。这种果实北方难以看到，在北方吃它，那是一种浪费。只有在瑞丽的天空下，静悄悄地品尝这一枚红色的果实，呼吸着清新的空气，享受着天赐的阳光，才能品味到一位仙人的境界。不骗你，真的！

瑞丽杨梅

杨梅不是江南产的吗？瑞丽，在云南的瑞丽，竟然也会产杨梅，不可能吧？我的回答是肯定的。瑞丽不仅过去产杨梅，现在也产杨梅。过去的杨梅个头小，产量小，不出名，仅供当地人吃。而现在的杨梅，不仅吸引了周围县市的人群，还畅销到江南，甚至全国。因为要接受央视采访，我向相关人员了解到，瑞丽当下杨梅的种植面积连年增加，销售价值也很可观。

我感谢已经调走的马剑副书记，他是第一位接待我初来瑞丽挂职的市委领导。无数个 1 月 1 日，在我的人生中几近忽略，而 2018 年的 1 月 1 日，我记得真真切切。这一天，马剑副书记热情接待了我。我从寒冷的北京抵达温暖的瑞丽，在温暖的层面上，感受到马剑副书记的另一种温暖。当时，陪马剑而坐的，还有分管文教的赵瑞仁副市长。因为初来乍到，瑞丽只是头脑中的概念，所以对接待我的领导倍感亲切，至今对当时的情形记忆犹新，我感谢这两位领导、同事加兄弟。也是在那一刻，马剑副书记的心性，我了解到位了。数天之后，马剑副书记领我一起到户瓦村寨杨梅生产基地，让我第一次看到颇具规模的那一大片杨梅种植基地。

杨梅，本是江南的果品。江南人喜欢吃，就像他们喜欢听评弹一样。移植到瑞丽来，可是费了一番周折。马剑副书记介绍我认识了江南才俊叶海波，这位青年企业家，起家于商场，兴盛于投资房地产，归根于做智慧农业。他当初发现了瑞丽，瑞丽吸引着这位年轻人创业的眼球。当他决定在瑞丽走智慧农业之路时，德宏州浙江商会名誉会长王岳亮先生毫不迟疑地支持了这个青年人。

大山里的山民总是淳朴的，叶海波比他们还真诚。一夜之间，他就带着打印机和现金，将用地补偿费分发到每一户村民手中。村民相信现实，而不相信表白。租地成功后，村民杀了一头牛，举行了最热烈的庆典仪式，载歌载舞地欢迎这位来自江南、为他们带来致富新路的年轻人。

一片又一片杨梅果园，在群山之巅建立起来了，真实的保边富民的基地建起来啦！叶海波，这位善于创新的年轻人，以他多年商场练就的智慧，转移到对瑞丽新时代农业发展的智慧平台上。在这里，叶海波怀着一种实现梦想的愿望，将江南人喜欢吃的杨梅优秀品种，特别是稀少的贡品品种，引种到勐秀乡——海拔一千米之上的山地上。在这里，他通过六年的坚守与拼搏，培育出一棵棵妙“味”横生、品相优雅的杨梅树，并形成了规模。

我和马剑副书记第一次到叶海波的杨梅基地时，正逢北方的冬天。虽然杨梅树和火龙果依然沉歇着，柠檬果偶尔也有零星挂果。那一天，马剑副书记坐在山岭上。我知道，他一直生活在边疆，习惯了这里的空气与田野，不像我这个呼吸过过多雾霾的人如此稀罕杨梅园林和其周围的美景。我早被杨梅树林下面的原始森林所吸引，那条好像永远流不完的溪水，将原始森林和叶海波的果园从中间分开，相映成趣。我和叶海波的下属——智慧农业的执行人金经理，一点点走过他的杨梅树，指点着一棵，再指点另一棵。抵达原始森林时，金经理提示我说，原始森林有瘴气，还是不要轻易进去。出于好奇，我还是执意往里走了几十米，我是一位容易被美景诱惑的人。尽管金经理一再说明，当年的远征军，很多人就是在中缅边境线上，被这种瘴气所熏倒而丧命的，但我对原始森林充满了诗人般的幻想。

冬日的杨梅树，只是长满了绿叶，原始森林的诱惑，远远大于想象中的杨梅的火红。所以，在一月份，我拼命地呼吸着飘洒荡漾在杨梅树上、湛蓝天空中的负氧离子，也想在原始森林中发现猴子、蟒蛇、鸟，并追逐它们。然而，杨梅树绿就绿了，而那些动物始终没有见到。杨梅有闪烁的花朵，羞羞答答的。马剑副书记后来调走了，我也好长时间没再去观赏杨梅果园，不明不白的，就这样与杨梅隔膜着，在瑞丽度过了四个多月。

当有一天，叶海波告诉我说，杨梅熟了，我还像生活在梦中，突然被惊醒一样。

杨梅的确熟了，漫山遍野。杨梅睡了一冬天，此刻终于醒来了，杨梅的美，超过采摘它们的美女。杨梅，满树挂果的杨梅，绿中透红的景致，的确不同以往了。和我刚来时的浅淡，断然不一了！

很多女子带着男人，很多老人带着小孩，很多当地人带着外地人，来到叶海波的杨梅基地，来到这个适合远望与呼吸的山地上。在这个美丽的地方，作曲家杨非曾创作过歌曲《有一个美丽的地方》。俯瞰远方，可见瑞丽的美景与陇川的豪迈。我喜欢叶海波这位创业者不断进取、扶持边疆农民脱贫致富的勇气与智慧。这位年轻人，以他的坚韧与担当，通过六年的辛勤付出，闯过一个难关又一个难关。今天，迎接我的这一片片杨梅园林的火红，在汇报着叶海波的奋斗过程，不同颜色的杨梅有着不同的味道，像叶海波走过的路。

在瑞丽杨梅产地，最让我动情的，是叶海波扎根瑞丽勐秀大地六年的坚韧与付出。很多人，因为曾经沧海而不能再适应沦落为水的境地。海波，这位年轻人，没有把过去的辉煌当作负担，而是敢于担当、敢于奉献。六年坚守如一日，靠辛勤劳动和逐日积累创造了智慧农业的奇迹。他有着现代企业家的智慧，更有着实干家的坚强。杨梅以它的品相、口感、原生态，赢得了品尝者的赞美，也让叶海波看在眼里、笑在脸上。杨梅啊杨梅，它怎么会知道，凭借这位江南人，它们就从浙江大地跋山涉水、落户瑞丽，将江南人品尝的昔日贡品，端上了平常瑞丽人的餐桌？

无论对叶海波来说，还是对杨梅来说，这绝对是一次奇妙的迁徙。边疆人等待着致富，江南的杨梅等待着一种新的突破。通过六年的耕耘与培育，叶海波走向了成功。其间，叶海波获得了许多同乡的支持，也赢得了政府多方面的帮助。瑞丽民众的善良与宽容、支持与推动，让叶海波的杨梅园林，带有边疆的纯朴、野性与善良。

我去勐秀山上这一片位于海拔一千多米的山地上采摘杨梅时，杨梅被当地的美女争相采摘。在采摘现场，我和几位当地汉子，听一位美女对另一位美女调侃说："别吃了，吃多了，你就会怀孕的。"虽是玩笑，又带有多少对杨梅的褒奖啊！

叶海波向我介绍了整个杨梅园林的品种，我没有记住几个。黑炭杨梅，形黑而微甜；黑金杨梅，个大而悠远；水晶果杨梅，长相轻盈、透亮，有种皇家的尊贵，吃在口中，有松香，还有草莓的味道。说实话，我从来没吃过口感这样好的品种。夫人爱吃杨梅，真想揣几个带回北京给她吃。海波说，水晶杨梅是皇家贡品，树大叶绿而挂果较少。我悄然看过去，果然挂果稀疏。物以稀为贵，这种金黄剔透的水晶杨梅，的确是杨梅中的极品。杨梅树还有保护生态的作用，倘若深林失火，杨梅树是最好的隔离带。

因为周六下午要回市政府开会，所以我只好依依不舍地离开叶海波的杨梅树园林。走在回来的路上，想起杨梅，口水还是流下来，人是容易被外界诱惑的动物。瑞丽有了杨梅，受到杨梅诱惑的人会越来越多。杨梅的生产周期长达一月，根本不用担心昙花一现。所以，因杨梅而来瑞丽的游客会越来越多。

在瑞丽，不仅有江南的酸爽美味，也有皇家的尊贵享受。叶海波这位创业者，让瑞丽百姓饱尝了江南杨梅的地道美味，他的杨梅基地选在瑞丽原生态的山地上——山美无瑕，水美无污，天空澄明，果美如画。我想，不等叶海波的杨梅酿成美酒，不等他的果实制成果脯，树上的杨梅就会成为无数采摘者口中的美食。叶海波的杨梅基地会成为无数喜食杨梅者心中的天堂！

感谢叶海波，感谢这位聪明的年轻人，给瑞丽带来江南的美味与诗意。

手抓饭

从市委到市政府的上班路上，每天的步行会发现许多新鲜事。初来瑞丽，看到缅甸人吃手抓饭，总要驻足观看。他们熟练的动作，捏饭团的手犹如一条游鱼在河里觅食，这样的吃法的确与我们不同。看到一个视频，外国人不会用中国筷子，左顾右盼之后，见无人监督，干脆用手送食，令人忍俊不禁。看缅甸人悠闲地吃饭，全无那位外国人的紧张之状。

有一天，朋友约我说："去吃手抓饭吧？"有了观看缅甸人吃一碗手抓饭的经历，我爽然应约。

随车来到景颇宴饭店。老板娘是甘肃人，明眸皓齿，已是两个孩子的妈妈了。她是我在麓川书院认识的书友，在上海打工时看上了景颇族小伙的朴实、善良，五年前跟随男友来到瑞丽，已是两个孩子的妈妈。

老板娘领我参观了这个景颇宴小院，院不大，风格却独特。缠绵的凤尾竹开出的花朵如打出的绳结。据说，一结果，竹子就寿终正寝了。每个小木屋里摆着一张桌子，桌子外是瑞丽四季常青的植物。这位甘肃女人很会推广景颇族文化，将景颇族的风俗习惯和饮食文化印成张贴画。在一幅婚礼图画前，老板娘向我介绍说，自己和那位景颇族小伙儿一起迈过草桥，意味着两人一生一世不分离。那些景颇族的美食栩栩如生，有烤猪，有竹筒饭，有竹虫。我调侃老板娘，是不是因为贪恋景颇族的美食才嫁给了丈夫，她说不是。当时在上海，她对景颇族的文化习俗一点不知，只是感觉丈夫非常善良。她从遥远的甘肃追随丈夫初来瑞丽，思乡之情折磨着她，但她渐渐喜欢上了这块土地。她和丈夫一起经营着这个小店，为丈夫养儿育女，穿上景颇族妇女的服装，人家看不出她来自甘肃。她的口音有些涩滞的尾音，如果不仔细听，你不会感觉到她是甘肃人。

是一位女作家邀请我来这里吃饭的。女作家还曾认真描绘过老板娘的爱情，可惜没有见到这位甘肃女人的丈夫。在小木屋里，大家说笑着，谈论起景颇族人的许多故事。有一位文友，还说景颇族的酒好，他从集市上买来米酒回家，走在半道上，就把酒喝光了，干脆醉卧路旁而眠。我羡慕这样的生活，轻松的获得感，满满的幸福度，有意思。

不多一会儿，手抓饭被抬上来了。桌板太大，不能通过门进，只能通过窗入。将桌板架上桌子的那一刻，我惊呆了，景颇族的手抓饭，不是用一碗一碗这样的数量词来形容的，而是整整一桌饭。在桌子中心的两边，有两个汤盆，一碗肉，一碗汤。构成阴阳鱼的形象；两个碗周围，是满铺在桌子上的各色米饭，有白米饭、黄米饭、紫米饭。文友见我疑惑，说这都是米饭的原色，不是染的。在米饭的四周，有烤猪、烤鱼，有葛根、竹虫，还有几种我叫不上名儿来的菜肴，密密匝匝地围了一圈，挤挤拥拥的，好像等待“司令”检阅的部队。人们还没伸手，就垂涎欲滴了。

虽然有店家给配置的塑料手套，我还是坚持不用。我想纯正地享受这样一次大餐。看着五彩缤纷的食桌，我想起坦然的大地，想起大地上的植物、动物与河流。手抓食物的过程，就感觉与大地契合，与苍天感应。在送食物入口的那一刻，才真正体会到天人合一的美好，体会到对大地的愧疚和人类文化传递的钦佩。景颇族人这样吃着手抓饭，该是多么惬意，多么富有人性展示之美。我感受到瑞丽之奇，景颇族的美食让我顷刻间对这个民族充满敬仰！

一口饭，一口肉；一段话，一份情；一个菜，一个故事。在谈笑风生中，饮食如同欣赏音乐；静心相对时，伸手就是一幅图画。这样的进食，让我的胃口大开。这顿饭，吃得十分畅快，是我来瑞丽最开心的一次。我想起小时候，在沂蒙山区的土地上，拔一棵葱，手扯掉外皮，嘎嘣嘎嘣吃，就是这种感觉。一顿手抓饭，让我回到童年，回到与大地融为一体的感觉，以至于第二天中午，我又去吃了一次手抓饭。我也向远方的朋友推荐手抓饭，向他们承诺，如果他们来瑞丽，我一定请他们去吃手抓饭。

瑞丽的小吃

来瑞丽的第一顿饭，是接送我的傣族美女也果请的。有一道菜叫牛干巴，好吃，最后还打了包。这里的牛干巴和内蒙古的牛肉干相比，片薄、肉筋道，越嚼越香。瑞丽人会变花样，把牛干巴用锤子锤绵软，然后撕成丝，伴之以各种佐料，如棉絮一样蓬松成一盘，特别美味。吃两口，怕会闪掉舌头。

“国际劳动妇女节”，受妇联主席之邀，到勐秀乡观看傣族、景颇族、德昂族妇女烹饪比赛，对少数民族的炒菜算有了现场感觉。有包烧鱼，全用粽叶包着，鱼味和绿叶味混合；凉拌生姜，入口如吻恋人；杂菜汤和春核桃味道也格外别致。还有景颇族的鸡肉稀饭，鸡是山鸡，米是香米，二者混合，可谓强强联合，位列稀饭之首。少数民族做菜善春——春南瓜子、春黄鳝……似乎万物皆可春而食之。被当地人称为撒撇的一道菜，蘸水和食料都很讲究，我享受不了它的怪味。好多北方来的人喜欢吃，吃完一碗，还要另一碗，劝都劝不住。德昂族妇女，不光能把鸡做成鬼鸡，对鸡足也可深度加工，可做成蒜香鸡脚、胡辣子鸡脚，等等。菜是好菜，菜名却和菜一样原始，听上去趋俗不美，而北方，对鸡脚美之曰凤爪。

有一种白花菜，花蕊有黄有红，花朵全白，清炒一下，鲜美可口。有两次吃这种菜，我都吃得汤水不剩。还有一种螃蟹花，说来也妙。我不知道瑞丽人为何喜欢将花入菜，北方人也爱吃花，生吃的居多。

没想到蚂蚁蛋也能吃，这在北方的菜馆里却是很少吃到的，但吃起来略微黏口，有微微的酥黏感，吃了这一筷子，还想下一筷子；那叫茶叶菜的，打口，吃下去可去除这种黏稠感；再吃一口水蕨菜，巩固一下会更好。瑞丽的青菜多，有两次，朋友直接从田地里拔菜，洗净入锅，你感觉吃的是整个大地的鲜物。

瑞丽天热，需要败火，苦味的菜果，皆可入菜。有一种苦子，在叶间簇拥，绿如樱桃幼果，不过比樱桃大，做成汤菜，口感略苦，却感顺心。苦凉包菜也有如此效用，其形是散开的，吃起来也有一番味道。鱼腥草的根，如在北京吃就有异味，可能放久了，失去了鲜度，味道难以保真。在瑞丽，这种菜好吃。脆中含腥，腥中藏着微甜，细品有甘气，也算爽口之觉。有一种帕哈菜，貌似北京春天的洋槐叶，炒鸡蛋有韭菜味，或者像香椿，也能麻痹人的味觉。

洋酸茄，天然的酸料，景颇族人炒菜多将它当醋用。我在瑞丽，到乡下去，见到这种长在树上的果实，怀着好奇，摘出来品尝，几乎酸掉牙齿。洋酸茄品相像西红柿，和其他菜一起凉拌，可以改变整个菜的味道，增加菜的色调。有一种帕贡菜，与小鱼合炖而食，味道很鲜。大概这两种菜是前世情人，相见恨晚，“灵魂”相接自能造出妙味。有一种马蹄菜，凉拌热炒都好吃。棕包，别有一番奇妙，炒出来柔软如蟹黄，会做的厨师能保证其形其色完美无缺，不忍心下筷。还有一种青苔菜，如丝、如海带，与红辣椒、绿青菜相配成肴，看上去就如福禄寿的翡翠制品。

在瑞丽，各类昆虫，自然也可入菜。最诱人的当是竹虫，洁净可人。一盘竹虫，就是一盘碎玉。还有棕虫，样子虽狰狞一些，比北方的知了龟还大，但更好吃。蜂蛹自不必说，当然还有蚂蚱之属。我真佩服边疆少数民族吃的艺术，后来到勐秀村寨，看到当地村民把一截树干挖空，两头堵上泥巴，中间挖一小孔，供蜜蜂出入。到一定时间，去除两头的泥巴，蜂蛹自可采来饱餐。野生的蜂蛹采摘的情况我没有见过，但吃过野生蜜，一勺入口，能打败城市里所有的蜂蜜，真乃天下美味也。

我欣赏瑞丽的美食小吃，很多菜到现在我还叫不上名字。但这些原生态的美味，确实颠覆了我对菜的感觉。

勐典桑葚

芒岗村是我来瑞丽后最喜欢的一个村庄之一，山美水秀人善良，具有移民村的风范。这个村的许多村民和我投缘，我喜欢在周末到这个村里走走转转。村主任李光勇与老村主任配合默契，整个村呈现欣欣向荣之势。我写过芒岗村后山里的水，水让这个村子富有了灵性。我的微信公众号里的文章，被芒岗村民争相转载，他们把我当作荣誉村民。光勇的侄女李冬梅在她的微信朋友圈里期期转发我的文章，使我深受感动。前几天，冬梅说，她同学种的桑葚熟了，约我一起去采摘。周末闲暇时光，我约了爱读书的小伙子冯恩旭一起去。同行的还有老村主任的女儿，老村主任的女儿带了她的女儿，文静可爱。我问她多大了，小姑娘伸出四个手指，大拇指压了一半。妈妈在一旁解释道："四岁半了。"姑娘很可爱，在幼儿园里当班长，一路看手机视频。我问她什么，她也不回答。

老村主任的女儿开车飞快，不一会儿就到了勐典。那片桑树园就在公路旁边，早有捷足先登者采了许多。桑葚挂在树上，如皇宫里站队等待宠幸的妃子。熟透的桑葚掉在地上，园主舍不得扔，捡起来晒干留用。这些成片的桑葚足足有十几亩，荡漾在坝子里甚是威武。桑树枝条上弥漫的是层层叠叠的桑葚果，生怕赶慢了，错过了春天。人在美食面前往往露出贪婪的表情，我也不例外。恩旭帮我拍摄的照片一张张都透出贪婪的表情。摘一颗熟透的桑葚放到嘴里，甜甜的；再摘一颗半熟的桑葚，酸酸的；手儿像弹鼓，桑葚果的根脉轻盈，一触就掉，就好像它在等待采摘者好久好久一样，就盼着这一刻了。我吃一颗，舌长一寸，再吃一颗，颈伸三分。不知不觉，吃了许多。一棵树是一棵树的味道，在干旱之地生长起来的桑葚，没有在舒润之地生长起来的桑葚润滑、好吃。我光顾吃了，果盆里没有采摘几个，倒是那四岁半的小朋友，采摘了大半果盆。村主任的女儿喜笑颜开，冬梅也很欢快。我自小生长在山村，喜欢东家爬树、西家采果。有一年，我把王文玉家的樱桃采摘得精光，惹得人家捶胸顿足。只是故乡的桑葚树成片的少，多是一棵一棵单独生长的，人们从果实泛青就开始吃，不会等到果实熟了再吃。乡下孩子嘴馋、调皮，宁愿挨打，也不能不让小嘴受用。今儿进桑树园，犹如回到童年，只是桑树是改良了的品种，个大，但甜度没有小时候吃的桑葚浓烈。

我问园主产量，答曰亩产三四吨。我再问他，为何想起种桑树。园主说："看到芒市同学种植桑树，收获很大，我就从网上订购了树苗，在自家地里实验一下。"我再问，得知他竟然来自山东！人啊，纵使在边疆，也走不出故乡的味道。我吃着桑葚，看着园主，感叹着互联网时代田野果实的销售打破了传统的路径依赖。

我把恩旭拍的照发到朋友圈。故乡的朋友说，这是我们家乡培植的品种，要一个月后才能采摘。有人对我边摘边吃充满怀疑，我回答他们说："这树上的桑葚是不打药的，瑞丽的空气出奇得好，根本用不着洗，是大自然的味道。"

回到家，桑葚的味道依然浓烈。恩旭发来微信说："今天很快乐。"对我而言，不仅仅是快乐。芒岗的两位母亲、一个儿童带领我在桑葚园里穿梭，这边疆之美被恩旭定格，这份味道也是融入了桑葚之美的。

勐典桑葚，藏着故乡的味道。

小城遇人，相交见情

心中绽放的色彩

在瑞丽，时时感受的是与北方不同的气候与环境。而这里的人也让我感觉到好像哪里总有些不一样。哦，也许是慢。这里的慢生活，让来自以忙碌为常态的大城市的我，真有些不适应。早晨，瑞丽人快八点才从家中晃晃悠悠地醒来，在北京，早上六七点钟的地铁已经人满为患。早晨在瑞丽的大街上，似乎一切都是寂静的、平和的。偶尔有一两个人走过，或骑车路过，也是小心翼翼的样子。路上开着的车似乎不太守规矩，显示着边疆人的随意；行驶在乡间公路上的汽车，前面有摩托车时，也不喜欢让路。当地的文友说，这就是瑞丽人的任性。我笑了，却没有笑话的意思。放牧的人儿，悠闲地甩着牛鞭，牛鞭像波纹一样柔软，连放牧者自己也吓唬不到。大概是放牧者与牛达成了默契的条约，放牧者晃一晃鞭，牛就知道大概的意思了。边疆的牛们在自然之景下，悟性也是自然的。

也许是瑞丽的湿气过大，在边疆小城生活不到二十天，突然在一天早晨，我刷牙扭脸时，不知怎么就突然闪了腰。也许是乐极生悲，在北方的冬天，这段时光习惯了冬储式的以静制动，而瑞丽春天般的景色，招惹着我南北走动，城里乡下乱窜一番，也许是身体过度劳累的缘故吧。第一次扭伤了腰肢，感受到从未感受到的疼痛。我硬撑着身体去上班，手托着后腰在会场站着，整个后腰像被锯断了一般。我强忍着，但钻心的疼痛一阵阵袭来。青年时代曾经笑话那些托腰喊疼的老人，等今天我也这般时，感慨岁月折磨人啊！

大鹏市长是位细心的领导，听说我扭了腰，他马上向我推荐了一个好去处：走过那标志性的大榕树，就可找到一位盲人按摩师，他的手艺很好，你不妨去试一下。

沿着大鹏市长指引的路，我寻觅到那位盲人按摩师所在的地方。按摩房不大，一间屋，四张单人床。按摩师是一位年轻的盲人，盈江人，才二十八岁，有一个文武双全的好名字，叫杨斌斌。小师傅性格开朗，从业已有十一年了。一个钟点五十元钱，我急于治好病，塞给他一百元钱。小伙子连连感谢，让我躺在单人床上，埋头卧躺在按摩床上。以前在北方，我从未光顾过按摩场所，今日按摩师一搭手，我就感觉一阵舒服袭来，突然就想到毕飞宇所写的《推拿》。他把盲人按摩师的心理写出了味道，此刻我是感同身受了。

按摩师的手不时地在我身上游动，用力按住穴位，不时拍打，有时还拍打出音乐的节奏来。阵阵惬意袭来，我的腰部疼痛明显缓解了。他一边按摩，一边问我来自何方。我说我来自山东。他说他认识很多山东人，山东人好啊，来瑞丽的山东人多半是大车司机，开春时到这里运水果、红木和珠宝。有很多山东大车司机成了按摩师的好朋友。按摩师根据山东人的特点，能一一喊出他们的绰号。我被按摩师逗笑了。小杨师傅说，他十几岁时因视力减弱渐渐双目失明。和众多盲人相比，他很幸福，也很知足，因为他至少看见过这个世界的样子。他的话让我心中一动，如果是我，也许会为失去而遗憾，而他却记住曾经的拥有并感恩！

我问小杨师傅，结婚了没有？他骄傲而幸福地说，结了，新娘和他一样也是盲人。新娘会做饭，会洗衣，很会照顾丈夫。他身上穿的、戴的，都是新娘给打扮的。他接着夸起缅甸女人的好，当地傣族姑娘和景颇族姑娘的好，然后说，人活着，就是要心好。按摩快结束时，按摩师像曲终高潮一般，对我腰部的几个穴位加重了按摩的频率和力度，我的腰部感觉放松了许多。最后他把我的身子猛地一掰，让我疼痛地大喊他“坏蛋”。他得意地笑了，我舒畅地乐了。

小杨让我在按摩床上再休息一会儿，然后他问我，要不要留个联系方式。

我刚说完，便见他已将电话号码快速地输入手机，并告诉我有个语音识别软件，可以轻松地帮助盲人识别。紧接着，我们互加了微信，他时而在微信里留语音，时而写书面语，让我大为惊诧。一个盲人，对生活的态度如此欢快、通达，深深地感染了我。

入夜，我听着小杨嘱咐我的微信语音，感受到边疆小城的温暖，也感受着一番别样的治愈。这个无法看清世界的按摩师，他心中绽放的色彩，给我的何止是一个温暖的夜晚？

洪良哥

来边疆工作两个半月了。有人对我每天在微信朋友圈晒图不解，暗暗劝我，挂职副市长要学会低调啊。我笑笑。他不知道，我的背后有一支他看不见的队伍，聚集着我的同事、朋友、亲人、同学。他们每天都在看我的微信朋友圈，是鞭策，是激励，也是关心与提醒。我像水晶一样在阳光下生活，这些关注我的人是我背后巨大的靠山。其中，有一位兄长刘洪良，已经退休，他几乎每天都在关注着我的朋友圈，有时会有只言片语发来，但足以让我心热。

1981 年，我还是一个未脱稚气的孩子。那一年，我来到铁路工程队。在泰安铁路西货场，刘洪良当时是工班长。我和他一样，都是顶替父亲到铁路系统工作的。不同的是，他接班前是村里的党支部书记，而我当时还是个孩子。在铁路工程队，洪良哥像大哥哥一样，不时地关心着我。从日常饮食到现场劳动，他就像一位亲人，对我嘘寒问暖。后来，我考上电大，脱产学习三年，在济南铁路医院里几次遇到洪良哥。那时，他已经不再担任工班长了。不知道他为何患病，经常跑医院。他见到我，依然十分亲切，问东问西，不厌其烦，至今回忆起来，恍如昨日。后来，我毕业又回到铁路工程队工作，曾与他短暂共事。那时，他已被聘为工程队的定额员，我则为技术员。他见我常笑，我则把他看作值得信任的兄弟。

有一年，他还为我介绍了一位女朋友，貌美如花，泰安铁路医院中医大夫的妻妹。洪良兄因常去看病，与中医大夫熟了，就做起牵线人。虽最终无缘于那位姑娘，但洪良哥的那份关心，我却一直铭刻于心。

后来，我和没读过大学的洪良哥一样做了工程队的定额工程师。因分属两个工程队，每月中旬我们都会到工程段机关批奖金，洪良哥老实，我和几位定额工程师有时会开他的玩笑。人事科的几位兄弟，工作认真负责，相聚亲如家人。现在回忆起来，那时的同事之间的关系，真叫幸福、和谐。

再后来，我就永远离开了泰安，离开了朝夕相处的洪良哥，下广州，去青岛，赶济南，奔北京。无论到哪里，都能收到老二队同事们的信息。洪良哥对我的关心是最多的。他会问我的现状，问我的家人，问我的工作情况，甚至问一些令人难以启齿的东西，俨然像亲哥一样。当然，他也会吹起自己的孩子，夸耀自己的老婆，炫耀自己退休后的幸福生活。我听着，就像听亲人在讲述故事。更多的时候，我和我的同事们，会认为洪良哥“黏糊”，但现在回想起来，正是这“黏糊”温暖了我这大半生。老单位的许多同事们后来接触少了，但仍有洪良哥一样的人，经常对我关心着，十分让人感动。

我来瑞丽工作后，洪良兄时常提醒我，不要忘记工程队的艰苦岁月，不要做贪官，要勤政为民。他发现我晒花发树图，就提醒我不要游山玩水，要勤政为民。有时，我对他的提醒不以为然，但静下来时想想，有这样一位兄长，在远方盯着你，该是怎样的难得?

其实，和洪良哥一起关注我的老单位工程二段的同事们还有很多，明友、振喜、祥琴、俊海、淑凤、继增……这些老同事春风化雨般的语言，看似简单，其实蕴含着无限深情。在他们的叮咛中，我有时无语哽咽。他们为我的哪怕是一次微小的成功而欢呼雀跃，也会为我的失误而扼腕叹息。同事们的时刻提醒，好像让我拥有了警报器，随时检点自己。

当我在朋友圈发出图片：瑞丽出租车开始打表了。洪良哥发来一句调侃的话，有鼓励，也有揶揄。那一刻，我无限感慨。我一个人在瑞丽，远离山东，远离北京，远离亲人，看似是孤立的存在，其实却关联着很多人而生存。生存本身套着生存的历史，含着友谊的力量。而人与人之间的爱护会让你在平凡中感觉到纯粹，感觉到关心的力量。我在接受关爱中也在关爱着别人。洪良兄就是一面镜子啊！虽然老式，但很亲切。

今天，我乘坐在终于打表的出租车上，享受着工作成果的快乐，也依稀看到洪良哥满意的笑容。和众多同事一样，他的笑充满赞许，也充满期待，使我感觉有无数双推动我的手。我真诚地感谢他们，感谢这些可亲可敬的人！

陪罗军逛珠宝市场看赌石

夜晚，辛苦了一天，借着瑞丽美好的夜色，我约挂友罗军兄弟到珠宝市场看赌石，同行的有联合国儿童基金会的张女士和刘先生。

穿过熙熙攘攘的饮食摊位，珠宝街的赌石市场就呈现在我们面前了。我凭着这几个月学来的有限的珠宝知识，向他们传授什么是翡翠的光泽、颜色、种和质地，向他们讲着老坑和新坑，讲着腾冲和瑞丽的区别。摊子有中国人开的，也有缅甸人开的。夜晚闪烁的珠宝灯打向一块块原石，让这条街充满了神秘。我向他们介绍着什么是翡，什么是翠，什么是翡翠的癣，什么又是翡翠的绵绺。我以我有限的知识在介绍无限的海洋，就像一个囊中羞涩的人炫耀能买下一座大楼一样。反正听的三位朋友大概对翡翠不知深浅，我吹得玄乎，他们听着有趣，也就罢了。翡翠摊子上的人都在忙碌着兜售原石。这些待价而沽的石头，有的羞涩如美女，外皮如围巾般牢牢裹着；有的狂飙似铁汉，裸露的胸膛在向买家证明着我是一块好料子，绝对能登大雅之堂；有的虚伪成绝对的伪君子，显然是被人工加工过的翡翠，因为表皮没有过渡层，加之形状规则，犹如泰国的人妖现世。珠宝市场的赌石景象，有人性，又有惊险。当翡翠一旦形成审美目标，众多的人围石而战，石头就不是石头了。我的家乡生产大黑石，应该是典型的火成岩，比沉积岩美。我小时候在这些岩石上面奔跑、撒尿、捉迷藏。而今，这些奇形怪状的石头，迎合了城市人歪曲的审美，有的就到了城市人的庭院里，有的还横亘在大城市的楼堂馆所里。我想，我一点点地努力，老了，奋斗得还不如一块不说话的石头。家乡的石头对你来说，也是一种挑战，你所要更换的，就是不断更新审美意识。在今天，过去好多丑的变成了美的；不能吃的变成了美味。在我小的时候，在家乡桃园里的桃胶被人们当作污秽物。而今天它却很昂贵，成了女性的滋补品。也罢，爱喝咖啡的人类，什么味道都能变为欣赏的佳境。

看完了原石，和罗军兄弟又到成品摊位一游。夜晚的街市比白天多了一点味道，各色各样的翡翠珠宝都呈现在摊位上。卖者送来谄媚的笑，买者此时也看不出有多少上帝的模样，倒是多了些稀奇的成分。我向罗军兄弟介绍着什么是翡翠，什么是用玉髓做的手镯，什么是黄玉，什么又是琥珀，俨然一个行家里手。对不懂翡翠的人，我固然能唬得对方一横一愣的，但对行家，我最好的方式是选择闭嘴。来瑞丽后，业余时间我看过几本翡翠文化书，恶补了一下相关知识，所得也是皮毛，但却时时会派上用场。针对一个琥珀挂件，我们辨别着它的真伪，里面的蝎子没有古代蝎子的样貌，倒有现代的气息，就像一个现代诗人平仄都没学会，还要冒充李白，但在摊位前，说贬低珠宝玉石的话，还是要存了十二分的小心。儿童基金会的张大姐是一个爽快而又伶俐的北京人，说话时有外交官的范儿，品鉴时也有自己的独特思考，倾听时也有倾听者的架势，像看玉一样舒服。

走着走着，累了，转入一家店铺赏石，这些原石明显比那些摊位上的原石个大，一下子就分出了高低。有红有黄，店家任你用珠宝灯打照，我自然用我粗浅的知识，再向诸位来炫耀一番。经营者出身行伍，戎马几十年，转身做文化。观赏了一会儿，我建议店家拿出更好的宝石让大家观赏，店家犹如水浒上的好汉，卷手就耳道：“借一步说话。”遂而引我们进入内室。哇，果与外面不同，几种原石让我们大开眼界，外面最贵的充其量要价十几万元，这里的石头动辄几十万元，有的则几百万元。珠宝灯打上去，有的玲珑剔透，有的金光四射，有的沉润如铁。赌石充满了魅力，店家的茶也好。

不知不觉已到晚上十一点了，商家也要打烊了。我和罗军兄弟一行四人从店铺出来，步出珠宝赌石市场。还有缅甸人守着他们的摊位喊叫，大部分的摊位已经收摊了。我们谈论着各自的收获，津津有味，虽然大家都没买一块翡翠，却比买了翡翠还兴奋，这就是瑞丽赌石市场给人带来的味道啊！只可惜我平时工作太忙，来得太少了。我们这次来珠宝市场参观，让我有机会将所学的珠宝理论用于实践。看来，任何时候，保持理论和实践的统一都是十分重要的。

罗军兄弟，祝您做一个翡翠般的好梦！

瑞丽知青

瑞丽的田野风光无限，沿着茂林修竹掩映的山村公路走一段长长的硬化路，看到红桑葚果出现的地方，向左一拐，进入一条弯弯扭扭的土路。树枝贴着地面压过来，咖啡花开成白色的一片。不远处，一幢鹅卵石搭建的二层小楼坐落在山坡上。这就是杨进财先生所引荐的老知青孙英夫妇的家了。

一条狗跑过来，笑盈盈地对着我们，看上去亲切可爱，狗性知主人。杨先生一喊，女主人带着围裙迎上来。一口京腔片子，好像让我回到了北京街巷之中，久违的皇城生活扑面而来。女主人忙唤孙英老师出来，孙老师穿着大褂，袖口挽着，一如乡村老师，又有着农民的气色，还藏着知识分子的气质。寒暄过后，女主人向杨先生连连道谢，感谢杨先生帮他们联系人安装上宽带，杨先生连说："不谢不谢！"主客之间顿同家人。

女主人沿着树间小路，边介绍，边往里走。这是火龙果，那是百香果，这是大冬瓜，那是菠萝花，这是蜜柚果，那是柠檬果……我像进入了花果山。满眼见花，花有长在树上开着黄、粉等色的石斛花，有榴莲花、龙眼花、三角梅、月季等。我在一棵叫不出名来的花树前留影，只见在同一棵树上，竟有红白两种花儿盛开。在泛着层层叠叠的白色花瓣的那片树林前，女主人一定要让我留影。女主人介绍说，这是新引进的品种，是集橙子、柚子和橘子三者风味于一果的新品种，女主人给起了个名字叫“混血橙”，很好吃，品相也好。我第一次听说这样的果子，对其充满好奇。

沿着院子转了一圈，女主人邀请大家在鹅卵石对面的竹亭里落座。亭子建得有傣家风味，起名“听雨轩”，茶随风香。女主人煮了芋头，剥开一品，绵软适口，没有北方芋头硬，也无当地芋头水。羊奶果却是甜甜的，如樱桃般的甜，吃上去有些沙口。绝无吹嘘地说，这是我来瑞丽后吃到的最好的羊奶果。

孙英先生开讲知青故事，他是1969年从北京抵达瑞丽的，当时一同来的北京知青有一千多人，还有昆明、上海知青，当时他只有19岁。一同来的还有姐姐。孙英回忆说，那时瑞丽县城只有一条街，没有建设的风景点，却处处是风景。傣家小伙子还保留着用毯子蒙着小卜哨求爱的习俗，经常看见一张毯子裹着两个青年人的头，爱意盈盈，让人向往。在羊肠小道上，傣族妇女戴着斗笠，挑着担子，边唱边往森林深处走，是边城最优美的风景。他的叙述把我们带入一个唯美的境界，大家扼腕叹息民族文化的飞快消失。因为喜欢读书，几经波折，孙英先生被推荐到云南师范大学读书，毕业后被分配到开远一中教书。那时，女主人在黑龙江插队，鸿雁传书，他们结为连理。此后，两人一同调入华北油田学校任教。1985年夏天，夫妇二人借一机缘同到瑞丽，女主人开始喜欢上了这个美丽的地方。她发函到瑞丽教育局，请求调来工作，可惜没有回应。孙英老师后来到北京市劳动部门工作，提前办理了退休手续，和夫人相约到瑞丽去。2002年，二人同到这一处美丽的地方安营扎寨。来之前，他们还专门到农业大学学习了一年种植技术。他们种的水果甜就是运用了学习的技术；养的猪拉屎不臭，也是调配饲料的原因。一晃十几年过去了，这片山林在他们手上焕发出生机与活力。孙英先生是第一个将海南岛的火龙果引种到瑞丽的人。第一次邮寄的火龙果苗，因为是通过邮局邮寄的，所以寄到时已经枯萎，无法栽种；第二次，通过空运，先将火龙果苗送到芒市，又让芒市的朋友连夜骑摩托将其送到瑞丽。瑞丽的火龙果就是靠这十棵火龙果苗繁衍开来的。开始几年他们收获的火龙果吸引众人，一拉到集市，顾客先抢后问价钱。附近的村民也想种植，后来孙英先生逐一教他们种植，免费为各家各户提供火龙果苗，一家家村民变成了富裕户。就这样，附近县市的人都开始种植火龙果。如今，可能很少有人知道，这对知青夫妇才是最初的移栽者。

两位知青过着天堂般的生活，享受着北京人难以享受到的空气与阳光，播撒着他们的文化气息。他们凭借着教师资格，辅导了数不清的孩子。当天，有一位来自腾冲的初中女生，女主人帮她辅导课程。我对这位知青夫妇肃然起敬。

像孙英夫妇这样返回瑞丽服务的知青还有很多。还有一位知青，在户育乡村寨建立了图书室，说一口流利的景颇语；另一位知青拉着小提琴给自己种植的香蕉听……瑞丽知青，是一个时代的缩影。当年，曾有八千多名知青投身到瑞丽这片热土上，播撒着他们的青春汗水。返城的知青会时常回瑞丽，关心瑞丽，回望那段美好的时光。孙英夫妇的“听雨轩”就成了北京知青来瑞丽相聚的好地方。在最近的提案上，曾有一位与会代表提议：要建一处知青村，为知青寻根提供一个平台。我听后，隐约感到瑞丽人与知青之间悠远的历史故事。

在瑞丽知青孙英夫妇的庭院，我感受到瑞丽的历史之美、自然之美和当下之美，我也感受到瑞丽知青的热爱之情、责任之心和担忧之意。瑞丽知青，不应该成为一个过去的历史符号，而应该成为可待挖掘的历史记忆。我希望看到更多的瑞丽知青，再返瑞丽，回味他们的青春时光，讲述他们眼中的民族文化，谋划瑞丽美好的未来……

和顺人家

在北京，宴请朋友最爱去的地方是和顺小镇。离家近，菜品原生态，工薪阶层吃得起，且有茶室。曾与文朋诗友雅聚在此，吹天聊地，不胜欢喜。后来带了一些研究生，师生相聚，大多也在这里。我所提倡的原生态文学，得到了一部分文学爱好者的呼应，有时文友相聚，大抵也在这附近。离家近的另一个好处是，不用担心和知心朋友喝醉，抬腿就到家，不会出过多的安全事故。

在北京，大酒店还是少去为好。空乏的议论多，货真价实的佳肴少，喝酒有时很累。倒是在和顺小镇吃饭，桌子不大，三五人也行，一两个也可。吃菌类，吃米线，吃松茸，都很有趣。刚开店的时候，还送云南石榴，石榴咧开嘴的样子很好笑。云南石榴甜，甜透心窝。和陈晓峰一起对酌，常听他说在德国小镇留学时的异域风情，只几个小菜，就足以想象云南与德国的美食。喝着玛卡泡的酒，边说边喝，不觉已入佳境。不曾想，已来瑞丽三月，时常想起与晓峰兄对酌的样子。京城很大，空气质量差，住的也缺少舒畅之境，能让人留恋的就是这类讲古论今的朋友了吧？我与人交往，不看人下菜碟子，贫富一律看待，有学问没学问一样看待。深圳来的和边疆来的一样看待。这种文人处事方法可能有些奇异，但好处是收获了一大批朋友。朋友之间你来我往，谈谈文章，聊聊生活，也觉快意不少。一位内蒙古的朋友，是同学介绍的朋友，他给我带来牛肉干，我请他吃和顺小镇的原生态佳肴。朋友很高兴，把我珍藏的高度酒喝了两瓶。想我来云南三月，和顺小镇的老板一定会念叨，那个经常约朋友来喝酒的家伙怎么就不来了啊?

就一翅子飞到了云南。天天吃云南菜，才知道在和顺小镇吃到的原生态菜肴是无法与在云南吃到的原生态菜肴媲美的。譬如竹虫，云南的竹虫吃起来就新鲜，北京的竹虫就多了些冰箱味；菌类就更不用说了。云南的过桥米线和北京的好像不是一个味儿。吃真正的原生态菜肴，还是要到云南。

这个周末，恩师和师母来云南看我，驱车去腾冲看和顺小镇。我们走了一下午，累了，看到和顺人家，到里面就餐，吃出的味道自然与北京不同。粽包炒菜，据说是当地岳父考验女婿能否过关的一道菜，能吃粽包的女婿，就能吃农村的苦，就会对女儿好。一盆松茸炖乌鸡汤，味道鲜美。那条被山泉滋养的鱼儿，在北京，好像吃不到。来就餐的人好像不多，几个青菜也是格外好吃，是北京吃不到的美味。边疆之城虽然落后，但水美空气好，滋养出来的食物无与伦比。北京虽大，有钱也是枉然。世界充满悖论，价高的未必是好货，愚昧的未必是无知者。我品着云南的菜肴，想着北京的菜。我不知道是该要洁净的空气，还是高耸的大楼。

在和顺人家，我坐在二楼的一个座位上，贪婪地享受着原生态菜肴的美味。我是为支援边疆发展而来，但我真怕发展起来的边疆再也没有这样的空气、这样的佳肴。和顺人家，多好的一个词啊！我盯着这个词看了许久许久，感谢这样一个所在，让我真正享受到物美价廉的味道。我愿这样的味道在各地都能吃到，而在这一刻，我很纠结。一直到夜晚喝茶，我感觉被什么堵着，脑子里老是晃动着那四个字——和、顺、人、家，每个字都很耀眼，如火粒一样，落到我心里。

师徒之间

师徒之间最好的状态是怎样的？尊者为尊，徒者为徒，当然这是一种境界，但另一种境界就是形同亲人，或父子，或兄弟。这样的一种状态，在我读硕士、博士期间，恰巧让我碰到。两位老师都是江西人，一曰南昌，一曰于都，因为两位老师的为人，我对江西人格外富有好感。

硕士导师王渭明，山东科技大学的教学名师，师母当过山东科技大学文学院院长。恩师王渭明慈祥有加，带出了长江学者不说，单就他对每一个学生的情感，也不愧模范教师的称号。老师和师母带出的学生，虽然一则学自然科学（我跟王老师学岩土力学），一则学社会科学（孙师母教哲学），但大家如同一家人。王老师对师母处处尊重，师母对王老师关心备至。两位老师的共同点就是善于发现每一个同学的长处，跟着这样的老师学习，心里欢快，读书也格外地卖力，所以我对岩土力学感兴趣。毕业时，王老师和师母陪我在黄岛玩了三天，那时老师才刚刚学车，驾驶技术还不熟练，但我们仨爬山、下海、摆拍，现在回想起来心里都是暖暖的。后来我到北京工作，只要老师到京，怎么也要见一面。我也经常收到老师的电话，听到老师每次拖着长腔喊“荣——里——啊”，那份幸福感蓬勃绽放。有这样的老师，真是幸运。

在北京工作的最初几年，总觉寂寥，寂寥中就想念书。后来辗转反复，就拜在恩师刘大椿门下。刘老师也是江西人，老家在于都，曾在九江师范学校（现已并入九江职业大学）与师母一起教过高等数学，后来考取中国人民大学研究生，专研科技哲学。恩师喜欢读书，年轻时留着胡子，大概那时他年轻，留胡子意味着深沉，有哲学家气质。后来我向老师求证，老师笑而不答。恩师南人北相，生就高大的身躯；文人武像，看上去像带兵的将军。如今老师已经七十五岁了，胡子也不留了。除了腰椎有点毛病外，老师精神很好。在恩师门下，俯身向学六年半，深感恩师学识渊博、思维超前，有大家风范。跟老师学做学问，也跟老师学做人。每次去恩师家，恩师和师母总是要送我到电梯口，几次拒阻无效，也就任由恩师和师母的意愿。求学六年半，恩师没有批评过我一次，老师崇尚有教无类，对不同的学生用不同的方法。我从老师身上学到许多。后来我在北京建筑大学带研究生，或在原生态文学院指导学生，也很少批评学生，而是教学生很多学习方法和做人的道理。从恩师身上我学到了一位学者的规矩，也晓得了知识分子的良知，更感知到了一个君子在世上应该秉持什么！这次恩师到昆明来讲学，又专程到瑞丽来看我，中间，让眼尖的龚部长钻了空子，请老师为瑞丽市的领导干部讲了智能革命的课。恩师年迈，我怕其累着，惴惴不安地请求恩师，没想到他慨然应允。恩师连续两晚备课到两点，谦谦君子之风令我汗颜。我讲课很少备课，相比老师，我十分愧疚。不知那些听过恩师课的边城领导内心是何感觉。看到我与老师参加阿昌族节日的合影，浮想联翩。我想我人生路上的每一个老师，我也想我的每一个学生，我在回忆着老师和学生的趣事。这世上，师徒之间演绎不完的是亲情，传递不灭的是文化，流传不休的是故事……

瑞丽的文人

从北京到瑞丽，我开始以为一定到了文化的沙漠。如今，我清晰地感受到边疆的文化氛围。感谢麓川书院让我做了一次文学讲座，尽管我讲不出什么，但瑞丽读者的热情鼓励，令我不敢懈怠。书院是个文化平台，书院的组织者乔丽曾在中国作协进修过，亦是中国作协会员，文笔优雅。麓川书院读书群交流热烈，乔丽经常组织大家郊游、读书、聊天，让小城充满了文化气氛。那次讲座，去了二三十人，和我在北京组织的读书活动不同，几乎每个参加讲座的人，都提出了他们的阅读感受，提出了他们的期待。有一位母亲，带着她的女儿来了，细心听着朋友们的点评。书院包容的气氛，可以从人员构成上看出来。年龄跨度大，职业相异多，就是从事的艺术门类也卓然不同，有玉雕大师、书坛高人、文渊老将。每个人都很真诚，相互交往十分舒畅。我喜欢这样的氛围，拉拉杂杂地讲了一些自己的见解。

通过麓川书院，我认识了几位喜欢读书的人，也与书院的几位朋友到附近村寨行走。书院组织了几位文化人到芒岗村考察即将修建的一个真正的书院，大家创意颇多，让人感觉没有跳出北京的文化圈子。有一位小伙子冯恩旭，谦和爱学，读书甚多，交流颇深，犹如清华博士毕业的刘洪强老弟。切磋就是相互学习，他给我找来一套王小波的书，我在阅读中纪念这位曾到陇川下乡的知青。

其实，除了麓川书院认识的王朝阳、陈函等朋友外，深藏民间的艺术高手在瑞丽也有不少。一位专门经营民族饮食的美术老师张国荣，他家墙上的孔雀浮雕，栩栩如生，这是他亲手雕刻的；张先生喜欢民族文化，招收了一批人从事傣族、景颇族文化的挖掘；木材协会的会长孟建新老兄，则在瑞丽生活了三十多年。往来北京与瑞丽，通达而含蓄之人，自有文气。因为瑞丽是重要的翡翠经营地，翡翠文化波及附近县市，来瑞丽的翡翠文化大师自是不少。如张竹邦、摩休先生，使瑞丽的翡翠研究得到了提升。借着对翡翠知识了解的机缘，我和这些文化大师或直接或间接的交往，让我体会到瑞丽是一个不可让人小看的文化富矿。红木藏着文化，在一边是加工厂，一边是成品秀的地方，你能感受到红木的制作过程、文化的艺术形态、红木文化传递者的深厚内涵。我曾经到一家树化玉加工场所参观，一棵三十多米长、直径一米多的树化玉已经被玉雕工人加工了一年半。我们惊叹于树化玉的美，却不知道自然之美中已经蕴含了人的力量。在玉雕工人中，中缅两国人皆有，他们以他们的生存方式，注入对树化玉的日雕夜琢之中。晶莹剔透里含着他们的汗水，灵巧光滑里藏着他们对生活的信心。这些树化玉展示的是一个团队、一段时空、一串文化基因。了解了这些，再去树化玉场所参观，我就会猜想那块树化玉有多少工人奉献了心血。树化玉里有文化，红木里有文化，翡翠里亦有文化。这个不过二十余万人的小城，真正的文化高手深藏民间，令人不敢小觑。

我所难忘的是，当地普通民众和文友一样热情。可能是初来瑞丽写过几篇有关瑞丽的文字，不少朋友把我当作知音，这驱使我每天发一点文字到微信公众号上，每次的点击量都不在少数。各行各业的朋友经常在微信朋友圈里留言，满含着鞭策、期待和信任。瑞丽人的善良基因给文化传播留下了一片绿地。我在读者的信任中向前行走，深感瑞丽文化氛围的平静与清新。

从昆明飞回瑞丽的当天，收到著名散文作家王鼎钧先生的书《白纸的传奇》，这位已经93岁高寿的文坛宿将，是我敬佩的一位真正将心交给读者的作家，文坛号称他为鼎公。感谢江岚老师快递来鼎公的书。鼎公生活在纽约。在书的扉页，鼎公书写着“荣里先生指正 王鼎钧敬赠”的字样。深受佛教、儒学和基督教文化滋养的鼎公，每次在电子邮件中都会称我为“兄”。鼎公的辈分高过我的爷爷辈，而以这样的谦虚姿态敬重他人，不是我多值得尊重，而是体现了鼎公的修养与人品。在瑞丽，我能感受到瑞丽人如鼎公一样的人品。瑞丽文人相交，对你尊重有加，不是说你有多厉害，而是让你感受到尊重你的瑞丽人背后的善良。

在边疆瑞丽，这样的一种文化氛围，会支撑着瑞丽文人成长为参天大树。这不是我的胡说，且看今后瑞丽文化的发展……

缅甸打工者

与瑞丽摄影家协会的邵主席商定，要拍摄一组缅甸打工者在瑞丽工作的镜头。一天周末，神通广大的邵主席一早拍来了在姐告做环卫工作的打工者的镜头。父亲拖着受伤的脚丫扫地，四岁的女儿跟在他身后扫地。父女俩的形象一下子把我击中了。我于下午，急匆匆地赶往姐告。邵兄还找到了一位从缅甸归来的华侨翻译，沿街寻找他早晨发现的那位清洁工。

我们驱车在另一位清洁工跟前停下来，那是一位貌似中国人的女人。翻译告诉我们，她是一位缅甸打工者，傣族人，今年三十三岁。跟在她身后扫地的是她十三岁的女儿，母女俩在一点一点地完成着她们的功课，两把扫帚一前一后，干净彻底地把路上的垃圾统统归拢起来。在她们身后不远的车子上，缅甸女人的小女儿睁大着眼睛，这个刚刚两岁的小女孩每天就这样看着自己的母亲和姐姐，在大街上，一点一点地扫地。今天她看到几位中国人为她的妈妈拍照，或许会感到好奇。翻译问询打工的缅甸女人，得知她在中国从事清洁工工作已经六年。十三岁的女儿已经辍学，有时帮她一起扫地。她还有一位八岁的女儿。她的二女儿在姐告上小学。她承包了姐告的一条街道，每个月领取一千四百元的工资。他们一家五口人在附近的寨子里租了村民的房屋住着。女人幸福的眼光，露出羞涩。她的女儿则更羞涩了。邵兄提醒她们放松，镜头里仍然留下她们的紧张之色。即将离开这母女三人时，邵兄通过翻译询问，能不能使用她们的照片。缅甸女打工者一面点头，一面用生硬的中国话答应着。那一刻，你感受到这位缅甸女人的善良。在姐告，这位缅甸女人以其相对微薄的收入，承担着一条马路的清洁任务。从春天到夏天，从街这头到街那头，带着她女儿和丈夫，手扫的是城市的街道，心揣的是一家人的生活。她没有抱怨，没有懒惰，每天如钟表一样准时，每天如水牛一样勤劳。在姐告，她与她的家人就这样度过数年的风风雨雨。孩子一点点地长大，她脸上的笑容一点点地绽开。

我们再驱车寻找那位清晨出现的打工者，转过几个街道，终于在金黄的落叶之上，看到一把翻飞的扫帚。那把扫帚好像在收扫着黄金，欢快而富有动感。此刻，他的脚丫已经消了浮肿，但依然能感觉到他走路蹒跚的样子。翻译问他怎么了，他说自己胯骨疼痛。因为我们想采访他，这位缅甸兄弟停下打扫，他的目光泛着笑意，脸上显出敦厚之色。我问缅甸人，一家有几口人。他回答说，他和妻子，还有一位四岁的女儿。缅甸人的哥哥和姐姐都在中国打工。只有父母还在缅甸老家，他一般四五年回家一次。和上一位打工者一样，他一家三口全靠这每月一千四百元的工资生活。我惊异于如此少的收入能否维持生活，他的回答是不仅能保证幸福地生活，还能积攒一些，回国内孝敬父母和盖房子。听着缅甸人的介绍，我的心猛一颤，忙问他，如此工作量，在缅甸一个月大多收入多少。缅甸人回答，三四百元。难怪这位打工者在中国一干就是五六年。翻译问他在中国能吃得惯这里的食物吗？缅甸人幸福地点点头。我发现他手上戴着一颗红宝石，以为他是落魄的贵族，让翻译问他。他说，这是妻子给他买的，连同脖颈上那个值五元的银质项链，都是他妻子送他的。我说，这是爱情的信物。缅甸人点点头。我和邵兄、翻译都笑了。这位缅甸打工者以他的幸福门槛感动着我。

那位叫克敏尔的缅甸傣族妇女的任劳任怨直抵我的心灵。她具有缅甸妇女勤劳、忍耐，以及对生活不言放弃的美德；后面那位一九八一年出生的皮肤黝黑的缅甸打工者叫散利通，在中国，其一家三口租住着每月三百元的房子。他们满足于当下的生活，过得很幸福。有时，他会带着家人回到故乡缅甸瓦城，虽无衣锦还乡的富足，但能享受在中国生活的荣耀。面对他们，我反思自己应该珍惜什么。

美女与牛粪

瑞丽美女爱牛粪，你信不？甚至我还听说，有一个爱牛粪的美女团队，这些美女个个貌美如花，对牛粪的品质颇有研究。倘若，你在跟随某一美女随车出行的路上，这位美女大呼小叫起来，那是她一定发现了最好的牛粪。你会看到美女眼里放出夺目的光芒。这是真实的呼喊，比遇到一位狂帅的男人还让她着迷。当美女向你夸赞那牛粪的形状是如何完美，牛粪的品质如何圆润且富有青草的芳香，你就不会把牛粪当作牛的排泄物了。那一天，在通往芒岗村的路上，那位美女一声大喊，把我直接吓了一跳，等我看清她是为一摊牛粪而欢呼的时候，我对这位美女产生了好奇。当我听说有一帮美女也如她一样善于鉴赏牛粪，且为牛粪而欢呼的时候，我怀疑自己是不是进入了《西游记》中所描写的某一个小国？在瑞丽，每天让我惊奇的事情已经很多很多，打破我的传统认知的人和事层出不穷。而这位倾情于牛粪的美女，还是让我目瞪口呆。

人们爱说“鲜花插在牛粪上”，意思是指美好的事物被牛粪所玷污。其实，我曾和几位贴心的朋友去过内蒙古草原。夏天，我曾在草原上的一条蜿蜒的河流旁，发现大量或干或湿的牛粪。有的鲜花从牛粪下钻出来，有的鲜花从牛粪上长出来。前者显然是正在成长的花草被牛粪覆盖后，不甘沉沦，再放异彩；后者却是在牛粪上落下的新花种，在牛粪的滋养下绽放身姿。无论怎样一种形式，这些鲜花在牛粪的衬托下，愈加娇艳；这些鲜花，因为牛粪的丑陋，明显美过大地上其他的鲜花；又因为居高而开，明显高过那些匍匐于大地的鲜花。它们闪烁在草原之河畔，仿佛在夸赞着自己的英明、妩媚。牛粪无语，只是默默滋润着这些鲜花，借助鲜花之艳，让人们记住了草原上的它们。少时，我常常搜罗干牛粪用来烤地瓜吃，因此对牛粪充满感激。而在草原之上，我发现牛粪竟然甘于奉献自己的养分，让鲜花挺立于青青草原，构成草原妩媚的一景。我在草原上，从一堆堆牛粪上远远看过去，这些鲜花耀眼夺目。我想说，是牛粪成就了草原鲜花的灵魂。

而瑞丽的美女爱牛粪，莫非也是为了滋养鲜花？我探问美女，美女说这只是其中一项。其实，在瑞丽，在少数民族地区，爱牛粪的美女何止一二，只因牛粪的用处太大了，有关牛粪的记忆太多了。在遥远的年代，傣家人每逢冬天，围炉闲话，用来取暖的就是牛粪。牛粪烧着了，带着草香。孩子们一边听着大人讲故事，一边向牛粪火堆里扔玉米粒、豆子，不一会儿爆米花就出来了。在享用美食时听神秘的故事，是傣族孩子们的兴奋点。每逢夏天，牛狠劲地吃草，排泄的粪便又粗又大又圆又好看，闪着黑黝黝的亮光。小伙伴们争抢着这些牛粪，在墙上甩成一溜溜牛粪饼儿，如烤炉内的一溜溜烧饼的模样。这些牛粪就会成为傣家人取暖时的尤物，帮他们驱赶寂寞长夜，当然也会成为傣家孩子们玩食的烘烤原料。一饼牛粪，散发的是大地的芳香；一粒爆米花，记忆的是儿时的情感。从这种环境中成长起来的美女，带着大地的情感，带着民族的文化，带着儿童的记忆，也带着青春的向往，从乡村走向城市，当她们再从城市回望乡村时，在马路上看到有模有样的牛粪时，当然会欢呼雀跃。她们在呼喊童年，在向牛粪证实那些老人们当年讲过的故事是否属实，在追问消失的牛群如今走向了何方？在她们眼里，这些牛粪不再是丑陋的象征，而是她们终生的小伙伴；牛粪里藏着童年的幸福。一位傣家美女调侃说："我们喜欢的美食撒撇，其实就含有牛粪的前身——未消化的青草，牛粪里滚雪球的屎壳郎的虫蛹也可以用来做菜呀！"

美女对牛粪的情感让我心有所动，而她说，家中的鲜花几乎离不开牛粪。她家有一株昙花，由于长期用牛粪作养料，有一次开花，竟然从晚上九点开到次日下午两点，牛粪给她的成长带来的何止是记忆，而是生活中鲜花般的感觉与滋润。无怪乎，她对牛粪钟爱有加了。

只是，我作为北方人，对牛粪一向只是单向度的理解，而根本谈不上对牛粪钟爱，对美女爱牛粪也理解得太过于肤浅了。这位美女，这位生活在瑞丽的美女，不仅是牛粪的知音，也应该成为启迪我这类愚氓增长智慧的老师。在人与自然的和谐上，美女与牛粪的默契值得我思考整整一生。牛粪啊牛粪，你何以如此美好？美女啊美女，你何以如此知性？在瑞丽这样一个地方，美女和牛粪，成为大地最好的诠释者。

在瑞丽的山东人

到瑞丽数月，常见到故乡人。这些来自山东的老乡，或安营扎寨，或漂泊一时，跟我有不同层次的接触。瑞丽改变着山东人的脾性，山东人传递着齐鲁文化。边疆含着家乡情，家乡裹着边疆衣。让边疆更有意思，让山东人更有情调。

作为山东人，和其他地方人相比，山东人多少有些愣、硬、憨，喝过瑞丽江的水后，让瑞丽的空气再将其调理调理，山东人就变得绵、软、香了。这不光是我的感觉，也是事实。

很多山东人喜欢瑞丽，喜欢这里的自然和人文环境。说得直白一些，喜欢这里冬天的暖、田野的绿、空气的纯、人心的好。有些美好由比较而产生。我对外地人说，我反对瑞丽过快地建设，是希望现有的美好事物能长久保留。我喜欢现在的瑞丽，可老瑞丽人说，传统的瑞丽、过去的瑞丽更好。我听到一些故事，对瑞丽的过去、过去的瑞丽有更多的遐想。

有一位山东姑娘，因为喜欢瑞丽，放着中学教师的职位不做，落户瑞丽，与缅甸人做西瓜生意，据说她还到缅甸种西瓜。一对东营的夫妇，丈夫憨厚，妻子能干。丈夫对妻子说，我要一直在瑞丽待到老去。妻子嗔怪，但这位丈夫说的是心里话。一个地方给人的感觉倘若超过故乡，这个地方一定有很多可取之处。

山东人留在瑞丽的大多分这么几类：第一类是因早年农场招工或军人转业而留在瑞丽的。我见到一位老农场职工，他是山东日照人，已经退休，高挑的个子，说“人”总念“银”，喜欢瑞丽超过日照。不少从山东南下的干部的后代，已然成为瑞丽人，他们说话“嘎嘎”连声，“美美”不绝，哪里还有山东人的影子？第二类山东人多为考公务员而来。这些年轻的小伙子、姑娘，被彩云之南最美的地方——瑞丽所召唤，被大瑞铁路的汽笛声所诱惑，被边疆小城的美丽风情所吸引。他们报考了边疆公务员。身材渐渐由伟岸变润甜，话音由硬朗变绵长，生活由紧张变缓慢，他们渐渐融入了这个城市，成为瑞丽人的山东丈夫或媳妇，演绎着上一代山东人在瑞丽的故事。第三类来瑞丽的山东人则是大杂烩，多是商人或其他行业的人士。他们为商业经营而来，为赚钱而来，为红木、翡翠、树化玉而来，为古树茶而来，为农业种植而来，为建设而来，或者干脆为了旅游而来。更多的人留了下来。一位做珠宝生意的临沂老乡，虽然不像早年做珠宝生意那样大红大紫，但在尘埃落定之后，他更喜欢瑞丽小城的生活节奏。也许，这里的悠闲山东找不到；也许，这里人们为了一块翡翠大呼小叫的感觉山东找不到；也许这里给他人生的刺激与平静山东找不到。他居住在瑞丽，和众多的山东人一样，他成为瑞丽的一块翡翠、一截红木、一个树化玉。

山东人喜欢老乡与老乡之间交流，体现了儒家文化的温良恭俭让。老乡之间往来多了一些乡情；老乡之间说话，抹上了一些亲人的味道。我在瑞丽，时常被这样的亲情、乡情所包围。有一次，做红木生意的田总，在微信里晒煎饼卷大葱。煎饼金黄，小葱碧绿，大酱在绿色下面时隐时现。因为录的是小视频，所以一点一点直戳眼睛。我来瑞丽后，吃米饭吃不饱，哪见得这等尤物？虽有学生邮来不少煎饼，可那个空档期，厨房里正缺少这份金黄与碧绿，连呼田总“不道德，太不道德了”！田总发来哭泣的表情，说她也是转发山东老乡的视频的，那金黄与翠绿，或许能撩动在瑞丽的众多山东人的食欲，使故乡成为在瑞丽的山东人自我欣赏、自我陶醉的山水。这份感觉，只有在异乡的人才能懂得；这份贪婪，只有在瑞丽的山东人才能领会。

我在瑞丽，时如在家。有了这些山东老乡的生活经验、美食提醒和乡音沟通，我感觉我没有离开山东，没有离开北方，也没有离开齐鲁文化。因为瑞丽文化中有山东人的影子，山东人在瑞丽始终没有摆脱故乡食品的滋养。

“9·11”与百香果

2013年9月11日，一位来自北京的青年人抵达芒市机场时，心里一惊，这个机场怎么这么小？在芒市开往瑞丽的汽车上，青年人对边疆小城怀着犹豫之情。正要入秋，青年人悬着一颗心，住进一家小旅馆。旅馆门前只有一家饵丝馆，小伙子是山西人，吃了两天饵丝后，感到乏味，问饵丝馆老板，附近可有吃面的地方？没想到老板骑上摩托，带着青年人找到两公里外的一家面馆，让青年人好好地享受了一番。这让青年人很感动——在北京闯荡过数年的他，感受过大城市的高楼大厦，享受到现代科技的快感，但在北京，很难找到这般让人内心温暖的细节。那一刻，青年人决定留下来。在瑞丽通往弄岛镇的路上，在漫山遍野的百香果园里，这位青年人讲述着他来瑞丽的细枝末节。青年人叫李豪，留着阎锡山的胡子，说着山西话。天空湛蓝而万果飘摇，离百香果成熟至少还有十几天。园子里，工人们正在忙碌着间果、上粪、补水。那些绿油油的果子，挂在半空，招惹得我和央视《乡土》的制片人郭威老师眼睛滴溜溜地转。我们与这些果实留影，好像与李豪一起在享受着成功与收获。李豪领着我们从茁壮的百香果树荫里出来，到达另一处才种植不久的百香果园里。他指着那些百香果说：“这里要结一个，那里又要结一个。百香果每绽开一片叶子，就会结一个果子。你们看看，这都是果子啊！”他兴奋地介绍着，像介绍着自己的孩子一样。看着即将冒出的片片花蕊，李豪说："这百香果园可是聚宝盆哪，每亩四千多斤的产量啊！"

百香果又名西番莲，熟了外皮像熟葡萄一样的颜色，汁液黄中透酸，十分可口；倘若伴着蜂蜜喝，口感更好。西番莲含有多种瓜果的味道，所以又名百香果。我曾买过几箱西番莲，邮寄给同事和朋友品尝，他们个个说好吃。我也喜欢在早餐或酒后，佐食一杯。最初认识李豪，是通过西南公司的孟建新老兄。孟兄是政协委员，从部队到地方，在瑞丽已经工作了几十年，根深叶茂。他通过和当地农场合作，种植西番莲、石斛等作物，扶持当地农民发财致富。他与想在瑞丽创业的李豪一拍即合。这个能干的小伙子渐渐成了孟总的得力干将。每年，他们以新组合的"万高农业"为依托，采取种植合作社的形式，扶持贫困户种植。2017 年种植户达二十多户，2018 年种植户可达七十多户。种植业在这个山西青年人身上，风生水起。瑞丽农业实现了一次华丽的转身。跟随李豪来瑞丽的妻子，为这位青年人生了一个小李豪。小李豪的脑袋油光光的，像百香果一样光亮。给力的瑞丽让李豪种植着大片的百香果园，催熟着他的美好生活，催生着这个青年人的创新热情。他发明了一种开启百香果的工具，卡住蒂眼，顺着果子转一圈，就像序曲过后的正乐开始，百香果的汁液就优雅地呈现出来。曾经做过媒体工作的李豪，自然不会放过做电商的机会。他的经商才能，在这个美丽的边疆小城获得了充分的施展。我祝福他把事业做得越来越大，好为瑞丽农民造福，好让更多的城市居民享受到最原生态的果子。

李豪说，他是在 2013 年 9 月 11 日抵达瑞丽的。那天瑞丽下了一场瓢泼大雨，他称之为"惊天动地"。瑞丽大地迎来的不是一个恐怖分子，而是带有闯劲的雄心勃勃的青年创业者。那些绿油油的果实，就像这位青年人忠实的宣言，层层叠叠，排布开去，记录着一个青年人的创业故事，记录着他与这块土地上的农民一起奔向美好生活的美好愿望。

感受着他留着山羊胡子的笑，以及他虎头虎脑的儿子，还有充满生机的土地，我为瑞丽而祝福！

瑞丽的缅甸人

瑞丽不愧是边疆小城，一寨两国，我去过数次，好像一个缩影，一个寨子两国人民可以自由穿梭地生活。我在瑞丽大街上行走，看到一位黑皮肤的缅甸人向人们打招呼。他们自由地生活在中国这个柔软的地方，生活在中国最美的边疆小城上。

在中国，恐怕找不到任何一个城市，能像瑞丽一样显示着中国人民与外国人民这样浓烈的友谊。缅甸的孩子们可以到中国上学，骑着自行车穿梭在中国的马路和田野上。在瑞丽，巴掌大的小城市，竟然有两个国家级口岸。在全城常住人口中，接近一半人来自于缅甸。中缅之间的友好关系，通过一个小城市的热闹气氛就展现出来。在周恩来总理走过的畹町桥上，依然流传着两国领导人的动人故事。在畹町物流园区，来自缅甸的西瓜等农副产品正源源不断地运往中国，而装卸者大多是来自缅甸的打工者。恩师那天与勤劳的缅甸小伙子们在西瓜车前合影，缅甸小伙子们还有些羞涩。缅甸小伙子们传递西瓜的动作，让我想起 37 年前我在泰安西货场和小伙伴们传递红砖的情景。此刻，西瓜上下翻飞，传递着中缅友谊，也滋润着缅甸人的生活。在瑞丽，经营珠宝的缅甸人更多。来自缅甸的珠宝经销商，有的摆摊经营，有的背着书包四处游走。喜欢嚼槟榔的缅甸人，牙齿会染上浓厚的咖啡色，但他们手中的翡翠却晶莹剔透。从宿舍到办公室的路上，不时会遇到缅甸人，四处兜售他们的珠宝。他们在我的目光里走远，我在他们的勤劳中反思。

瑞丽拥有上百公里的国境线，瑞丽的很多村庄和缅甸的不少村庄紧密相连，有的村与村之间只隔一条河流。在户育乡的一个山寨的跨河吊桥上，中缅两国的人们自由地来往（更多的是缅甸人来瑞丽）。中缅人之间互相通婚，缅甸人嫁过来的不少。当然，有些缅甸人本身就和瑞丽土生土长的人有着世世代代的亲情关系。紧靠边疆住的缅甸人，偶遇战事，也会跑到中国附近的村寨来。我沿着边疆公路走，一边是茂密的森林，一边是川流不息的南宛河水。在这里，你会感觉到两国人民唇齿相依，同饮一河水，共享一片天。鸟儿自然可以自由飞翔在两国的上空，两国人民也可以自由舒畅地交往。这样的境界，除了民族因素之外，与瑞丽的包容和民族政策、历史传承大有关系。

因工作机会，得以和缅甸的一位州长、一位市长交流，在与他们相处之中，能感受到他们对中国的情谊，一起照相时他们会紧紧攥住你的手。州长有一点汉族血统（姥姥的姥姥是汉族人），能发简单的汉语音，我也能说简单的缅语“美格拉吧”（缅语“您好”之意）问候。通过翻译，我与州长相谈甚欢。州长只有四十五岁，他竟冒出“大哥”一词称呼我。我问：“old brother？”他点点头，表示确认，让我大为感动。我连忙用英语和汉语称呼他“老弟”。一时间，在缅甸人的簇拥中，我有江湖老大的威武感。中缅交往之情谊，可从这些细节中感受出来。

我计划着有一天到缅甸去看看，缅甸人为我国的油气管道提供了通道，显示了缅甸对中国的友好。中国人对缅甸人的亲切，可以从瑞丽街头处处感觉到。同事描述的缅甸风光，自然、唯美、深邃、丰富，撬动着我的心海。

瑞丽，一个展现祖国情怀的城市，也是让缅甸人深感温暖的城市。在这个城市生存，虽没有国际大都市的宏伟，却能领略到国际交往的情调；虽没有呼天喊地的口号，却有点点滴滴的关心。瑞丽之美，彰显着国与国之间交往的平等与自然，显示着城与城之间的舒畅与和顺。中缅友谊如瑞丽江水，源远流长。中缅人民之间的互融共帮，也为瑞丽的历史和现实塑造了荣光。

一个城市的包容，不仅体现在对本国民众的包容上，还体现在对他国人民的包容上。瑞丽方圆不大，但瑞丽的格局、瑞丽人的面孔，却会牢牢烙印在世界人民的心中。倘若你在这里生活一段时间，你会深深爱上她的包容品质与国际情怀……

孤独漫步，静而思悟

沉静的夏天

边疆之夏，如密云布天，遮蔽阳光，漫洒雨花。这个夏天，写满久违的沉静，一如书房里不语的书。我看着它们，一本一本，在书橱里睁着眼睛，想说话而又怕打扰我的样子。来看我的学生王彦鑫，一点一点地打扫着房间，笤帚扫在地上的声音，像小溪里的水声，愈发显得屋子里寂静。师徒之间，没有多少话，却满屋子的话语。

窗台上的三盆花，在旅途中才知没有给它们喝水，回到宿舍，却又忘了浇水。一位远在湛江的朋友发来信息，一下子就把夏天拉长了。唯有鸣蝉的叫声，一直想驱逐鸟鸣。鸟儿也不甘示弱，唯有一种鸟，声音像母鸡，粗长而难听。

夜总在朦胧中醒成黎明，我一个人，手捧一本书，谛听，谛听北方秋天才能听到的虫鸣。虫声唧唧，这个世界真有趣。

黎明在沉静中遁去，空留我在沉静里沉静。沉静是不出声的手，游离在我和书桌之间。桌灯，平静成导师的慢条斯理；而对面的空座，貌似人民大学红一楼 139 房间的那一把红椅子。从人民大学东门到西门的距离，就是从市委到市政府的距离。我来到瑞丽，步调与时空，仿佛还没有挪移出校园的浪漫。每每在小树下，我会驻足拍照。我一直不嫌弃自己的地瓜脸，这是父亲、母亲的馈赠，我没有理由和资格嫌弃这张脸。我让这张脸，走进众多岁月的影像里，沉淀下来。我对我自己说，你的每一天，都该沉静成故乡的一块黑石头。

越来越爱边疆的石头了。泰山石写满了神灵的符号，或许我就是在泰山脚下，不经意间，爱上石头的吧！而边疆的石头，不只南宛河里有，与几位伙伴淘洗石头的过程，就好像把沉静从沉静里拉出来，这些石头沉静了多少年？边疆的石头，带有原始的味道，正如那些竹林的原始一样。而边疆的原始，正在大片地消失。有时，我会和那些消失的美景一起悄悄哭泣，哭得黑夜无处躲藏。

这是瑞丽的夏天，边疆的夏天，富有沉静感的夏天。在独木成林的古树下，想想异地那棵命名为“亚洲第一榕”的榕树，我就笑了。沉静从来用不着标榜，而标榜意味着远离了沉静。

夜里，我喜欢用捡来的石头滚动在身体上，是品受压迫感，还是感觉沉静了成百上千年的石头的圆滑？有一块石头，是从大树下捡来的，是被大榕树开了光的，它游走在我的身体上，接触着一个又一个穴位，我感到来自远古的沉静。另一块石头，则来自怒江，自然是被滚滚洪水开过光的。那块石头，白天看像一块宝玉，中间嵌顿着一个月亮，月亮是画家写意的笔法。怒江之水太顽劣了，反而让这块石头愈发顺滑。我看着它，就想到自己的过去。水和水的不同，造成石与石的差异。

每晚，石头与身体的对话，演绎着岁月与江水的故事。我与这块怒江石，一起感受着怒江水的波涛汹涌、一泻千里的大江气势。我曾站在江边，看着从未看过的汹涌江水，体味怒江为何叫怒江的真实。此刻，属于我的，只有这经过万千江水淘洗的一块石头，它沉静如一只柔弱的兔子，温润成一首缠绵的歌曲。

我在边疆之夏的夜晚，时常这样，躲避着各类应酬，一块石，一本书，一个人。在窗帘里，在空荡荡而又藏满无限沉静的屋子里，享受属于自己的那份沉静。

感谢这个沉静的夏天，让我在沉静里，觉悟到空气的质感。而风，似乎也惧怕这种沉静，到北方远游去了。我和我的心，以及石头，一块一块的石头，就成了这个沉静的夏天的忠诚道具。

瑞丽话语

因我来自外地，每次开会，总有领导提醒大家要说普通话。其实，他不知道，我最想听的还是瑞丽方言。对一个写作者而言，当地方言中含有各种文化元素。

听瑞丽人讲话，不用竖起耳朵，就像听唱歌一样。边疆人的慢生活在瑞丽的话语里轻松体现着，瑞丽话轻歌曼妙，就像有一个水果扔过来了，你刚要接，人家就收回去了。“么么嘎”如一条拴在手里的绳子，瑞丽人在说完话时，总要拽一下。

如果你在听瑞丽人说话时，将瑞丽话与北京话、山东话作对比，则更有意思。瑞丽女人说话柔情，像清溪流水；瑞丽男人说话，如商量事情。我见到一位领导批评人，满脸严肃，但说出的话没有一点刚性，这在北方是断然不可能的。瑞丽话语是被这里的青山绿水洗得太透了吧！要不就是各个民族文化相互融合，让瑞丽话带有处处照顾别人的礼貌？真是一方水土养一方话啊！傣族艺术家金小凤老师歌儿唱得好，平时说话就像在唱歌，我喜欢听。而更多的傣家儿女说话，就如她一样优美。有一次，在读书会上，我听一位阿昌族妇女数落她的丈夫，这哪里是数落啊，分明是赞美啊！能把数落的话说出这般意蕴，体现了一个民族的语言智慧。

到景颇族山寨吃饭，能感受到村民拖着唱腔说话，如深林里的鸟鸣。在大山深处，在多少个围着烤火而坐的夜晚，村民们一代又一代地锤炼了这些语言。在瑞丽的话语里融合了汉语、傣语、景颇语、德昂话、傈僳语等民族的话语，这些民族互相之间密切地交往，将他们的民族文化、当地山水、时代气息融入话语之中，听起来你中有我，我中有你，让你分不清对方是什么民族。在瑞丽，我多次把汉族兄弟混淆为其他民族的兄弟，一问，人家要么是南下干部的子女，要么是农场子弟，来瑞丽都几十年了，从他们的眼神和行头已经看不出是哪一民族的人了。一个叫“小眯渣”的影友，精瘦精瘦的，一说话就是“么么嘎”，她的话语让我疑似她是景颇族妇女，一问原来是山东威海老乡。顿感亲切之余，山东胶东姑娘的那份泼辣、壮硕在她身上荡然无存了。这里的水土改变了她的基因，这里的话语又对她进行了深度改造，让她与当地人混为一体。有一个农场的兄弟叫“华哥”，是南下干部的孩子，也难以从他们的话语中感受到山东人的气息了。或许他的父辈能保持着山东人的体格和齐鲁话语，但到他这里已全然变为当地人的姿态了。我想，假如我在瑞丽生活几年，会不会也变成当地人，肥硕的身躯变得苗条，山东硬话演变成瑞丽软语？我想象着我那时的样子，再回北京或山东，肯定会被朋友们刮目相看。我喜欢在阳光下曝晒，感觉瑞丽的昼夜温差大，在太阳底下曝晒一番，人就舒服多了，但副作用就是脸黑了几层，脸一黑就有了与当地兄弟交流的资本。我有时走在大街上，看到在瑞丽经商的缅甸人，有时会主动向他们打招呼——“美格拉吧”（缅语“您好”之意）。“美格拉吧。”对方回应着，笑容绽放。瑞丽的话语没有国际大都市的意蕴，但有边疆小城的隽永。对，隽永的话是各民族互相融合的结果。瑞丽的话语饱含了瑞丽人的智慧、包容与放松，听一句话，你就能体会到他们生活的惬意与悠远。

瑞丽人赴宴，开席之前喜欢玩牌。我不打牌，只能当观众。玩牌者边打边吃，小菜一碟、瓜豆之类自然也要上的。打牌的人边打牌边斗嘴，输牌的人还要喝酒，有的臭牌篓子开席前脸已如红布。有抓到好牌的，就会喊“美美——”，拖着长调。开始我不知道这个词代表着什么，后来在几次会议上，听到几位领导也如此说，对比着山东话去听，就知道此话代表着“厉害”或者“太好”的意思。有时到极美之时，我也会喊上一句“美美——”，听者哈哈大笑。瑞丽人说话保留了很多古音杂调，他们喜欢把“一辆车”说成“一张车”，把“碗”称为“钵”。从很多话语里，你能依稀感受到青藏线上移民的腔调，能感受到明朝皇帝逃难时随从的语调，也能感受到土司、山官独霸一方的自豪，更能感受到几个民族载歌载舞的气息。我喜欢听，但很少学瑞丽话，在瑞丽话里生活，犹如在阳光下曝晒，黑的是脸，但心却是热而荡漾的。我喜欢这样一种情调，在边疆真好，有瑞丽话听。

蚊帐空间

今夜，是最值得纪念的一个夜晚。一觉睡到天亮，香甜无比。一则昨夜微醺，头晕而眠；二则安装了蚊帐，可以稳躺中军帐。只是苦了那些蚊子，往夜，它们与我耳鬓厮磨、卿卿我我，或东咬一口，或西叮一嘴。我是北方人，能忍，能受，逞它们喝。任凭瑞丽的蚊子撒欢畅饮。我能听到血液在蚊子的吮吸下，疾驰增援的声音。这些蚊子无声而聪明，贪婪而深入，坚持而不懈。以其弱小之躯，不畏我北方之气。蚊子贪恋我的血液，说明我还有人味，不错不错。

我知道瑞丽蚊子的厉害，也曾经探究驱蚊之法。有朋友建议，可以打开空调，彻夜长吹，蚊子怕冷，保证你不会挨咬。我则觉得此法有诸多缺点。缺点之一，就是空调在冻蚊子之时，也把人冻了。如若刚来瑞丽，实行此法，那时我的脂肪尚多，吹吹倒也无妨。只是此时已瘦下一二十斤，一吹凉到骨头，不妥不妥。缺点之二，就是用空调废电。记得我在济南工作时，立式空调和壁挂空调都有，整个夏天我都会让它们闲置在那里，我喜欢自然的空气。中医认为，倘若过于喜凉，易生寒湿之气。这也符合能量守恒定律，在这个世界上，贪恋过多的东西总是要还的，可见此法不妥。

又有朋友建议，还是燃上蚊香，在袅袅香烟中入睡，蚊子们纷纷落地，你的美梦冉冉升起。他忽略了那能毒蚊子的蚊香，自然也不会放过人的器官，犹如吸毒者，吸的是兴奋，坏的是身体，不当不当。

自然打药与烟熏一样，也不是好办法。药味难闻，烟火辣眼，所以我宁愿挨咬数日，与蚊子讲和，听蚊子无语而下口，看蚊子默然而伸嘴。在朦胧中睡去，在叮咬中苏醒。浑浑噩噩与蚊子周旋，叮叮当当与蚊子对话。我爱世间的一切生命，迂腐至极，都舍不得打一下蚊子。在蚊子的亲吻中忍受疼痛，在蚊子的吸吮中半睡半醒。打蚊子的最终结局是看到自己的血喷射于肌肤之上，惨烈而无聊，还充满丑恶。与其如此，不如看蚊子喝血后志得意满地飞去。蚊子毕竟是蚊子，一个蚊子靠你存活已是造化，万千蚊子靠你生长岂不是神话？

有朋友见我每天发微信朋友圈的内容多是山水花鸟，认为我不是支援边疆而来，而是游山玩水而来。对此我不想辩解，边疆处处是花草，北方的冰雪无法波及这里。工作已很忙碌，于己于人，何必再以繁重示众？再说，以微信朋友圈展示工作，一曰不当，二曰根本没有必要。有人说，你每天发文，是否不干工作？我笑笑。每天早晨六七点钟，我会快速敲打一篇千字文发到我的“原生态千字文”微信公众号上，断断没有一次利用工作时间写那些轻松愉快的文字。我能把所见到的花鸟虫鱼之美，发于微信朋友圈，一则自娱身心，二则为读者提供审美空间。对那些责问我是哪根葱的读者，或者追问不为民做主的读者，我真是不能回答，也不愿意回答。美的意象可以图片展示，但蚊虫叮咬却很难展示于人。你一打算拍蚊子，蚊子早飞走了。这样的疼或者不适只有自己能感觉，拍出来那是妄想。

终于在一架蚊帐里面，我找到了瑞丽的春秋。蚊帐由四根立柱撑起，三面有门，透过蚊帐的顶就可以看到天花板。这顶蚊帐一搭，就仿佛房子中的房子，禁区中的禁区，特赦中的特赦。自此，我和蚊子隔帐相望，两“大”无猜。它回忆它的甜蜜过往，我欣赏我的悠然睡姿。它肯定咒骂我这个老东西缺少奉献精神，不能以身饲蚊，但它同时忽略了人之所以为人，在于人会使用工具，能将能力延伸到无限状态。“登高而招，臂非加长也”，人蚊有思想之别。人非蚊，蚊非人啊！

我的蚊子兄弟，不能用一种方式喝血啊！纵然我没有惩戒您的动作，但我可以保持我对您的疏离；我宽容，不代表我永远承受；我不语，不代表我不知道您一夜一夜地咬我。的确，蚊子兄弟，我们相聚一室，本是人蚊缘分，您咬之又咬，我忍之又忍，您让我的血液无法流畅，您让我不该做梦时做梦，不该醒来时醒来。但自从发现您的存在，您以您的形象周旋在我周围，以自以为美的方式，飞翔在我的视域内，我真不忍心拍死您。我以蚊帐之隔，与您保持一种疏离。

其实，蚊帐外的您不甘于此，因为我曾经是您的食物，您可以随便一口一口地喝血。而今，您在蚊帐之外，您的眼光肆意着，而您的肚皮干瘪着，我也可怜您。只是我不会再让您喝血了，您可以寻找更多的生存方式，延缓您的生命。蚊子先生，您毕竟是世间的生命，尽管我不喜欢您的生存方式，但我要维护您生的尊严。

感谢这顶蚊帐，让我在超然中反思过往的疼痛与叮咬。过去的时空，我未曾伤害过万物，但万物却让我得到启迪。在蚊帐里，我的身体有了舒展打开的机会。

有一顶蚊帐真好！

昆明赏花记

昆明被称为春城，对此我一直有些怀疑。这里海拔高，待久了，人多少有些不适。从普洱调研归来，在昆明又遇到下雨，感冒刚好，没带厚衣服，出门就感到有些冷。参加完国际人才大会，宋大师姐邀请我去看花卉。想到我所在的瑞丽城，也是花卉之城，我就想去看看有什么商机，于是，慨然应约。随行的还有两位女子，一婉约，一时尚，貌美如花；开车的小伙沉稳、干练、少语，甘当绿叶相衬。对花，宋大姐情有独钟，一路滔滔不绝。作为管花企业的监事长，她与花为友也有十几年了。在云南做鲜花经营者，自然是智慧的选择。

车抵达云花公司，迎接我们的总经理是一位中年美女，貌如花，话亦如花，姓鲍。青春年少时，在铁路施工队，我的一位同事——施工队长就姓鲍。一看到这个姓，如遇故友，自然亲切了不少。鲍总侃侃而谈，云花公司从烟草公司旗下的一个小协会发展到今天的大公司，成为面向南亚、东南亚的品牌花卉销售公司，其中的成长故事，自然和花儿一样。

会议桌上摆着两个花瓶，一个瓶子里装满了康乃馨，一个瓶子里则装着玫瑰花。鲍总介绍，康乃馨有单束单朵和一束数朵之分，玫瑰花也是如此。我问我们瑞丽可有好花，能否一起参与经销？她说瑞丽的蕨类，可以用来配花，只不过这几年瑞丽的花卉销售市场已经被江浙一带的经营者占领了。江浙的花卉经营者，占尽地域优势。花这东西，非鲜不美，非美无价。鲍总领我看了从荷兰拉来的花种，每个花种只有几元钱，栽种几个月就可开花。那些花种被放在储存框里，像土豆一样平凡，却蕴含了未来千奇百怪的颜色。同行的女子对荷兰花种赞不绝口，时而留影，时而惊呼。女人对美花，比男人感性。男人赏花冷眼相观，心中却热；女人赏花，心与眼一致，眼是开关，心是电器，一碰就会眼亮，一看就会心热。

离开鲍总，驱车来到花卉市场。刚才看到的会议桌上的康乃馨，不过一瓶，这里则是一堆连着一堆。花儿们好像在集中开会。什么睡莲、牵牛花，什么贡菊、绿萝花，还有什么金边玫瑰、芍药花，直看得我眼花缭乱。整个市场就是花的海洋，并蒂莲就有白的、黄的和深紫色的多种。我看着花，花看着我。花就像几十年前管着我的领导的眼神，好像在说："你小子服气不服气？"我不由自主地回答："我服！我服！"有栀子花发出悠远的香气，还有些花，我从未见过，只好问卖花人。卖花人像城里人对待乡下人一样，居高临下地回答，让我只有自惭形秽的份儿了。不懂就是不懂，面对浩瀚花海，只有当真正的小学生，才对得起花儿的丰富与鲜艳。

管理花卉市场的总裁姓钱，早年在组织部门工作，后来下海经商，做过房地产等生意。从管人到管房再到管花，管理跨度真够大的。他领我们经过一个个花店，有卖鲜花的，也有卖干花的；有卖真花的，也有卖假花的。感谢手机，让我把这些花儿一点点拍下来，回去慢慢地学习与欣赏。

钱总领我们走向一个鲜花大厅，我看到一溜溜的鲜花摊布满大厅。钱总介绍说，下午五点前，大厅里是零售经营者的天下；下午五点后批发商则会闪亮登场。这里的花朵，让人应接不暇。二楼有个拍卖大厅，完全仿照荷兰的经销模式做的。等我们走进时，当天的拍卖已经完成。钱总解释说，花的拍卖，有些像股票市场。我看到宽大的显示屏和竞拍者所坐的座位，也坐上去，感受了一下。

最让我惊奇的是千奇百怪的肉肉（多肉植物）。这些肉肉的形状，真正打破我的想象，一下子拓展了我的认知空间。营销者为肉肉起了形形色色的名字，或高雅，或流俗，却也招人眼目。什么雪爪、洞庭，什么加州落日、玫瑰芦荟，什么火星兔子、千百惠。

松露肉肉真形象，鸡蛋玫瑰更可爱，冰灯的确如冰灯，还有石头花貌似石头；食蝇开口带刺，等着苍蝇光顾；蛛丝卷真像蛛丝，还有楼兰、西山寿、吉祥果，还有元宝、红宝石，还有白鸟、吉娃娃；什么草莓蛋糕、樱桃水晶、观音莲、达摩、桃美人、海豹、斑马水，几乎世间万物都可以为这些肉肉命名。世界上最伟大的作家也不可能写尽这些肉肉，世界上最伟大的起名者也不能穷尽肉肉的名称。

有种一摸香，宋大姐让我摸一下又闻一下，果然有股沉润的香气。宋大姐说，这种花，防蚊子效果很好。肉肉很便宜，小的一盆一两元钱，大的也不过一二十元钱。观看完肉肉家族，让我对花的品种有了更加全面的认识。人的认知面对的永远是无限的世界，人只有时时处处做好小学生，才不至于尾巴翘到天上去，才不至于出洋相。肉肉很微小，也许你不会将其放在眼里，但万千个肉肉构成肉肉的海洋，面对花的世界、花的丰富性，你要真服气，才能知道自己的肤浅，你才会为它们真正欢呼！很多微小的事物藏有容易被我们忽视的美质。同类未必同形，同质未必同色，同世未必同品。肉肉的丰富性美感，其实给人类做人的启发何止一二？

离开花卉市场，我就为云南而惊奇，为昆明花美而感叹，也为春城不愧为春城而折服。略感遗憾的是，问及瑞丽的花能否外销，钱总答：“卖切花（指剪花）难，卖盆花成本高，皆因瑞丽天气热过昆明，花不好储存，运输成本太高。”我感觉有些失望，钱总安慰我说：“地域、气候，皆是老天爷赐予的，只能顺其自然；人能争的东西，和自然相比，毕竟还少。认清自然和个人的努力之间的相互平衡，人就不会妄想，生活就不会太失望。”

离开花海之地，行驶在城市漠然的硬化公路上，我依然在回味着花的柔软与芬芳，想着那些花的形状，而同来的美女，则越发像花儿一样好看了……

小心有蛇

到瑞丽正是一月一日的下午，“一马跑两国”活动刚刚结束，承办方和管理者有个总结会。没卸行李，我就被马剑副书记邀请参加这一活动。马副书记热情洋溢地发言，首先欢迎我的到来，然后总结赛事收获，诚心诚意地感谢大家。初来乍到，马副书记向我介绍了与会的各位领导，介绍了瑞丽山美、水美、人更美。一来就受此礼遇，心怀对这位领导的感激之情。马剑，比我小几岁，说话有瑞丽“花开四季、果结终年”的绵长与柔软，诙谐与庄重相随，不笑不说话，谦和如水，给我印象很深。

听马副书记自我介绍，原来他也是从德宏州到瑞丽挂职的领导干部，挂职两年，即将期满。他向我介绍着当地的风土人情，自豪地叙说着瑞丽的生物多样性和动物多样性。他边说边感慨，自豪中藏着对瑞丽人民与大地的热爱。

我在市政府挂职，食宿在市委，平常与马副书记一个锅里摸勺子，每在食堂相遇，形同亲人。马副书记谦和有加，对我不认识的领导，他就积极介绍。席间他还会说些他所遇到的趣事。市委各位领导吃着素朴的饭食。这里的伙食虽无北方的伙食对我的胃口，但是每次在食堂进餐时，我都享受着精神的欢愉，犹如回到家里一样。

马剑副书记是市里的扶贫队长。一个周末，他驱车带我到勐秀的景颇族村寨。这是我第一次到少数民族村寨。我对挂在村口的牛头饰品、结茴香果的树、开红花长刺的火龙果、零星散落在山上的民居……充满了好奇。马剑副书记如数家珍。他领我参观了景颇族抗日英雄的塑像，向我讲述了当年景颇族英雄如何施巧计捣掉蜂巢，利用蜂蛰反击日本鬼子的故事，恰巧我也刚读过当地的党史故事。马剑副书记的描述，让我俩很快意。他还说到一个民族称呼的转变，串联出许多故事，不乏传说与幽默，又引得我俩哈哈大笑。在这个村寨，我俩看木屋、观厕所、赏山梁。马副书记不时询问村主任未来的发展计划，既问一棵核桃树的收成，又问如何在建房时融入少数民族元素。马副书记还领我参观了立体种植的农业示范园，让我感受到勐秀智慧农业的生态之美。我俩在原始森林中闲逛，不知不觉太阳就落山了。在落日的余晖中，晚霞与远处的山峦构成奇妙的剪影，有两棵树清晰地映衬在红霞里。我俩拿出手机，拍了一棵树，再拍另一棵树。他为我留影，我也为他存照。我俩边照边探讨选景的角度，生怕把这美景吓跑似的。

驱车抵达市委宿舍，天色已晚。马剑副书记向我介绍，这里不比北方，气候湿润，常有蛇出没。我虽属蛇，平生最怕谈蛇、看蛇，尤其在晚上，更觉得毛骨悚然。马剑副书记没有察觉到我的表情变化，讲其刚来时，在宿舍楼梯口，发现了一条响尾蛇，当时他吓了一跳。他绘声绘色地讲述着，还把响尾蛇伸缩的动作以动态手势作比画，说到极盛处，我感觉心都到了嗓子眼。好歹马剑副书记讲述的蛇最终被保安用铁夹子夹走了，我的心才放下来。此后连续几晚，失眠有加，常梦到响尾蛇，蛇头昂然，蒙太奇般梭巡左右，有时被吓出一身冷汗。“小心有蛇！”马剑副书记最后总结的话犹然在耳。次日早餐时，我把失眠之事告诉他，他却哈哈大笑。

来瑞丽不到二十天，内人放假来此，我得以享受家中美餐，便有月余没有在公共食堂进餐，自然与马剑副书记和其他领导在饭桌上交流的机会少了。马副书记忙于政务，开会时我们见到彼此，多以点头致意，贴心话儿明显减少。不过，每次见到他，我都会想起“小心有蛇”那句话，还有那形象的手势，便觉一边是寒气，一边是温暖。

今日，马剑副书记就要和其他几位挂职的领导一起返回芒市了。我不知道该对马剑副书记说些什么。他以他的言行给我颇多教育，短暂的细节构成长久的回忆。将来我回京，或在某地生活，这位领导加兄弟对我照顾的细节仍然会温暖着我。风月依旧，马剑副书记和我分住在两个宿舍楼，楼高不同，但楼梯口相仿。每当夜晚走过楼梯口，我都心存戒备，一个声音在说：“小心有蛇！”我仔细审视后，才小心翼翼地上楼，这已经成了我的习惯，而马剑君却要到另一个城市生活了。

夜深人不静

鸟儿此刻睡了。

月光也睡了。

大地上的汽车也睡了。

我搔首未弄姿，以一个失眠者的姿势躺着。此刻无风，下午开始下的雨儿也不见了影踪。

能听到窗外静，大片大片的静，覆压过早晨那轮鸟的鸣叫。鸟儿也如人类一样，在夜里，与众多俗众一样歇息。偶尔喧哗的东西在城市之外，我对着屏幕，对着飞速而过的时光思索着。风无语，瑞丽之风，更无北方的凄厉刺骨，好像风根本就不存在，空气也不存在，我的呼吸也不存在。静得只有屏幕发出的光和键盘被敲击的声音。我没有开灯，不想让灯光吹醒了这大片大片的宁静。隔壁屋子框着黑暗，而窗帘阻挡着外面的夜空。我不知月光是寂静着的，还是星星一并在寂静着。那个新买的盛粮食的器皿，在黑暗里发出蓝光，让默然无语的粮食，此刻充满期待的声音。

没有蛙鸣，城市里缺少蛙鸣；没有蝉叫，城市的树木只长树叶与花朵；没有驱赶不跑的荔枝花香，偶尔的偶尔，会有花香暗合着蚊虫的轻叫，袭来又飞去，混合着混凝土的滋味。没有必要说什么，也不需要说什么，耐心倾听，贴着桌面倾听远方的声音，甚至你都听不到来自高速公路的汽车马达声。对岸偶尔的战火声，早已销匿在夜的历史里，成为陈年往事；我听到静的声音、静的呼喊，一丝丝、一缕缕、一层层、一阵阵地涌过来，堆积成无尽的夜色，然后铺排、浓抹，像翅膀一样掠过。

仰望天花板，理性的暗白犹如画家的留白，充满无限可能性。此刻，屏幕也出现了无限的可能性。在无风无语无光无声的夜里，只有屏幕发出纯白的呼喊。屏幕上的文字是鸟叫，是蝉鸣，是风月的声音，是大片的阳光和雨露。我听着文字发出的声音，屏鸣夜更幽。此刻，书各自睡了，正如创造它们的主人们，睡了一代又一代。它们或躺在北方，或躺在南方。而屏幕不眠，只是屏幕发出的声音，就如我的心鼓，敲响的是谁的门扉？

喧嚣过后的寂静，是最有分量的寂静。在边疆，这种寂静构成穿越夜空的力量，向着过往，向着未来，向着我也不知道的方向穿透。寂静的书房里，灯睡了，书睡了，抽屉睡了；抽屉里的钥匙与名片也睡了，那些红色的、黑色的签字笔此刻也睡了；被主人喜欢的铅笔此刻发出被冷落的声音；一根充电线懒洋洋地伸展到手机里，做着苟延残喘的努力，这是春日的夜晚。瑞丽的静，自然与北方不同。北方的春夜，热度渐渐升起，人会难眠，心底会呼喊；瑞丽的冷，发生在夜里，春冷延伸到夏，让静充满理性。当理性成为血液，静就会埋藏在心底，毁灭激情。我时常在北方春夜，涌上跑步的欲望，而在瑞丽，此刻，我只想享受这静。

只不过这静，在无尽的夜空里，自己静着。我想北方的亲人，以一种发泄的声音向亲人表达我所感受的静，而亲人不解；我想循着静的缝隙倾听北方的呼喊，而遥远的距离，让我在沉默里感受静静的一切。

不知不觉已是四月，在春天里，瑞丽的夜晚是寂静的。夜越走越深，而我为了夜的静谧，此刻，对着屏幕，凝视。

没有人听到我内心深处的声音，因为整个世界都睡了。我的眼睛也睡了，皮肤也睡了，骨头也睡了，只有心在醒着……

凤凰花是什么花

那一天上午，只在江边凤凰树下一站，我就傻了。

我从来没见过如此浓烈的花，高贵而典雅，在江边的大路上，映着碧绿的瑞丽江水。那一刻，我都要哭了。

一月二日，刚到瑞丽的第二天，一位朋友驾车领我到江边大道，指着一棵棵光秃秃的树跟我说，这是凤凰花树，等到春天，花开了，瑞丽江就好看了，城市就妩媚了，姐告的高楼就更高了。

我期待着。然而，朋友沉郁着脸色，告诉我，有几棵花树，快枯萎了，它们赖以呼吸的土壤被好看的建材遮蔽了。我说，树墩处的建材是可以浇水呼吸的啊？他对我说，树和人一样，需要呼吸的。我到江边去，仔细地看那几棵枯萎的树。果然，它们在这个春天里，大多没有开花。有两棵树，都是只在半边开了花，另外半边的树枝上，只零散地挂着树叶，如一位老者稀疏的头发。

我在寂静中聆听凤凰树的呼喊。

为了路人能欣赏到整齐的街道，我们就有理由把树墩周围封锁，不让树自由的呼吸？

我到瑞丽江边的第二天，曾追问过相关人员这几棵树枯萎的原因。别人的解释是树枯萎的原因与树墩周围排布的建材无关。在这个春天，我只有自己到江边寻找答案。不开花的树以它的沉默不语回答了我。在众树皆醒之中，这几棵树黯然而眠。我想为它们大哭一场，哭它们就这样静默着，无法向追求所谓美观者打报告，无法向这个世界发出控诉的吼声！

它是懂得感恩的花，你给它呼吸，它给你微笑、大笑、抱团的笑、有节制的笑。而当你对它不好时，它在江边，浓缩成僵硬的树干；在委屈中，依然保持着自己的尊严。

凤凰花是懂得节制和守时的花。在我初来瑞丽之时，漫山遍野看着那种一年四季不败的轻浮的花，心里无限失望。而凤凰花树，有礼有节——在冬天，固守着一棵树的气节，以光秃秃的坚守，宣布着冬天的气象。这是一棵树的意境。它在说，我就是一棵树啊，让人类知道冬天是冬天吧！在冬天里，它期待自己总有一天会盛开，它经受着冬天的冷意与寂寞，以战士的姿态挺立在瑞丽江边，一丝不苟。

而在暮春之际，它们就轰轰烈烈地开花了，开成团结的队伍，开成火红的颜色，开成一片风景带。毫不掩饰自己的欣喜，毫不吝惜自己的所有，它们开在枝头，开在大路两边，与瑞丽江水说着话，与姐告口岸的高楼们默然相对。它们刚刚接待了一批瑞丽当地的女子，又迎来了缅甸女子的腼腆。而凤凰花树所绽放的花，每一朵高贵如仕女，每一簇红润如美女的容颜，每一树绽放成春天的品格。

凤凰花是团结的花、守时的花、高贵的花。积攒了一冬天的活力，在春天齐刷刷地开放，是心力所展，也是心劲齐整的表现。每年，只在这个季节，凤凰花伴着春色，在市民的期盼中，喜洋洋地盛开，开成一副尊贵的模样。它们在枝头上，浓烈成火，团结成云，浑厚成海，一簇簇，一片片，直惹路人的眼。

我在这样的花海里，把自己醉成了一位花下老人。看着那些爱花的女人与男人，我佩服当年的栽花人。他是在怎样的一个春天，怀着怎样的心情，将凤凰花树栽在瑞丽江边的啊！而今，栽花人还在不在？假如，没有这碧绿澄澈的瑞丽江水，没有沿江而阔的大道舒展，凤凰花树会施展开自己的拳脚吗？花的气势并非因一朵而美，在万花齐开中，呈现花海的波澜壮阔的美。江水如花涌，红花像水流。在这种景象中，行人如蚁，烘托着花的兴盛。

凤凰花，一种热烈的花，一种懂得回应俗人与高洁者情怀的花。它以它独有的姿态，不占高枝，不屈于地，与百姓保持着相互欣赏的距离。这种距离，让花的高贵与人的自尊相映成趣。在瑞丽江边，我边走边看这些优雅之花，人也稍显尊贵起来。

尽管工作很忙，我也抽出上午的一些时间，完成与凤凰花的对话。那几棵没有开花的树，我站在它们面前，望着它们，默然无语。更多的人，注视着凤凰花的火红，没有人注视这几棵不开花的凤凰花树。那位最初带我来江边的北方人，终于回北方去了。他的话确实是对的，他在不算冷的瑞丽的冬天里，推算着这几棵凤凰花树春天的样子，他的话应验了。而我的微弱的建议，没有得到很好的回应，树依然被囚禁在建材之中。树被长期减少了呼吸，犹如一位长期营养不良的人，它们在春天没有开花，有的甚至没有绽放枝叶。我看着这些忧郁的凤凰花树，真担心它们有一天会匆然地死去。

很想在无人的早晨，一个人到江边去走走，跟这些凤凰花树说说话。对那几棵没开花的凤凰花树，行一个忏悔礼，深深地，不带任何杂念地向它们说几句话，几句贴心的话。

而此刻的不舍，只有通过回望，让那份美景消失在视野里、消失在瑞丽江边、消失在远方。